BÚFALOS SELVAGENS

ANA PAULA MAIA

Búfalos selvagens

COMPANHIA DAS LETRAS

Copyright © 2024 by Ana Paula Maia

Grafia atualizada segundo o Acordo Ortográfico da Língua Portuguesa de 1990, que entrou em vigor no Brasil em 2009.

Capa
Guilherme Xavier

Foto de capa
peterralph/ Adobe Stock

Preparação
Natalia Engler

Revisão
Marise Leal
Valquíria Della Pozza

Os personagens e as situações desta obra são reais apenas no universo da ficção; não se referem a pessoas e fatos concretos, e não emitem opinião sobre eles.

Dados Internacionais de Catalogação na Publicação (CIP)
(Câmara Brasileira do Livro, SP, Brasil)

Maia, Ana Paula
    Búfalos selvagens / Ana Paula Maia. — 1ª ed. — São Paulo : Companhia das Letras, 2024.

    ISBN 978-85-359-3817-3

    1. Romance brasileiro I. Título.

24-202842   CDD-B869.3

Índice para catálogo sistemático:
1. Romances : Literatura brasileira   B869.3

Cibele Maria Dias – Bibliotecária – CRB-8/9427

Todos os direitos desta edição reservados à
EDITORA SCHWARCZ S.A.
Rua Bandeira Paulista, 702, cj. 32
04532-002 — São Paulo — SP
Telefone: (11) 3707-3500
www.companhiadasletras.com.br
www.blogdacompanhia.com.br
facebook.com/companhiadasletras
instagram.com/companhiadasletras
x.com/cialetras

Ao meu pai.

Onde o tempo é uma espada
ruminamos ferozmente
a ideia de acabar.
   Cacaso, "Destruição"

1.

Edgar Wilson termina de calçar as botas quando o alarme do relógio de pulso chama sua atenção. Desliga-o ao se levantar e observa o dia pela janela do quarto. Acende o primeiro cigarro da manhã e apanha a carteira e as chaves da caminhonete antes de bater a porta e sair de casa.

O sol já brilha na linha do horizonte entre a estrada e as montanhas. A previsão do tempo indica clima seco com poucas nuvens. Edgar Wilson termina seu cigarro enquanto confere os pneus da caminhonete. Precisa calibrá-los. Estica-se um pouco, ouve os estalos ao alongar a coluna vertebral e joga o que resta do cigarro para longe.

Sobe na caminhonete e dá a partida. O ronco do motor o incomoda. Desce e abre o capô do veículo. Verifica alguns compartimentos e sabe o que precisa fazer assim que encontrar um posto de gasolina. Volta para trás do volante, arranca com a caminhonete e segue pela estrada.

O radiocomunicador chia. A voz entrecortada de Nete

ecoa na cabine. Edgar aguarda que o contato se estabeleça, mas, depois de alguns engasgos e ruídos em sequência, chegam até ele somente o som do vento e o barulho do motor esgoelado, embalando a viagem.

O posto de gasolina com uma nova fachada e bombas recém-instaladas aponta à distância, alguns metros antes da curva. Uma imensa placa com a imagem de uma gordurosa costela de animal em espetos de aço inox indica que servem comida vinte quatro horas por dia. Carros de passeio, ônibus de excursão e caminhões que transportam mercadoria por todo país ocupam parte do estacionamento.

Edgar Wilson encontra uma vaga perto da bomba de calibragem. Apanha sua garrafa térmica antes de descer da caminhonete e confere as horas no relógio de pulso: seis e meia. Ainda resta um par de horas até que a primeira explosão aconteça na pedreira.

Bem ali ficava a pequena loja de conveniência do antigo posto de gasolina. O homem esguio e miúdo que atendia acompanhado de seu cachorro preguiçoso já não está mais ali, porém Edgar Wilson repara num pequeno cata-vento branco e amarelo, símbolo tanto do antigo como do posto de gasolina atual. A recordação da conversa que teve com o homem em outra ocasião ainda reverbera em seus ossos.

O homem franzino disse que o cata-vento parara de girar fazia mais de uma hora porque não havia vento, nada se movia, e que até mesmo o cachorro parecia não respirar. Tudo permanecia em suspensão. De uma maneira estranha, Edgar Wilson sente essa suspensão ao seu redor quando uma onda de eletricidade atmosférica faz os pelos de seus braços se arrepiarem.

Volta a olhar para o cata-vento amarelo e, por instantes, ele para de se mover. Edgar Wilson respira fundo e fecha os olhos. Permanece na escuridão por breves instantes e, quando abre os olhos, sente o vento tocar cada objeto, mover cabelos, saias e o cata-vento. Ainda estamos em movimento e seguimos vivos.

Do lado de dentro do restaurante do posto de gasolina, algumas poucas pessoas comem vertiginosamente, outras tomam um café da manhã moderado e algumas apenas observam o noticiário na tv. O cheiro de carne assada, gordura saturada e o azedume do suor dos viajantes se misturam ao cheiro de café fresco.

Atrás do balcão da padaria do restaurante, apenas uma atendente espera por pedidos. Edgar Wilson apoia sua térmica e a atendente sorri para ele, como fez em todas as manhãs do último ano.

— Mudamos a marca do café, Edgar — diz a mulher.
— Por quê?
— Redução de custos. Mas até que não é ruim.

A atendente suspende um pacote de café e Edgar Wilson confere a marca. Ele dá de ombros e suspira antes de dizer:

— É. Não é dos piores.
— Eu te disse.

Ela apanha a garrafa térmica e a enche com café. Em seguida, põe dentro de um saquinho de papel um croissant de queijo. Deposita tudo sobre o balcão e aguarda para receber o pagamento de Edgar, que leva a mão ao bolso traseiro da calça e retira a carteira. Ele apanha algumas notas e moedas e entrega à moça.

— Sabia que você é uma das poucas pessoas que pagam em dinheiro? — comenta a atendente.

Edgar não responde. Acha essa conversa inútil na maior parte do tempo. Ela entrega o troco para Edgar e sorri maliciosamente.

— Ei, quando você vai me chamar pra sair? — fala baixinho.

Edgar Wilson estranha, olha para os lados, confere que é com ele mesmo. Pensa por alguns instantes antes de responder.

— E por que eu chamaria?

O sorriso no rosto da mulher se reduz gradativamente até se tornar um lábio ressecado e fino. Ela engole em seco. Edgar Wilson a cumprimenta com um aceno de cabeça e sai.

Do lado de fora do restaurante, apoiado em sua caminhonete, Edgar bebe um pouco do café e come o croissant de queijo. Espartacus se aproxima abraçado à garrafa térmica e segurando uma cuia de chimarrão. Apoia-se na caminhonete, ao lado de Edgar, e observa junto a ele o surgimento do dia e o resplandecer do firmamento.

— Muito trabalho? — pergunta Espartacus de modo despretensioso.

— Sim.

— Dias difíceis.

— Já foram piores.

Espartacus pensa um pouco e conclui:

— É verdade.

— Vai reabrir o bar? — quer saber Edgar.

— Acho que não. Meu coração quase explodiu. Preciso de uma vida mais regrada, sem toda aquela agitação.

— Vai fazer o quê?

— Me ofereceram um negócio. O matadouro do Milo tá sendo arrendado.

Edgar fica impressionado em saber que Milo pretende passar seu matadouro.

— Ele morreu, o Milo — conclui Espartacus.

— Não sabia.

— A epidemia — murmura Espartacus.

Espartacus bebe todo o chimarrão da cuia até chiar. Enche-a novamente e oferece a Edgar Wilson, que aceita, pois já terminou o café.

— Fui lá dar uma olhada. É um bom lugar. Sei que você já trabalhou lá antes.

— O Bronco também.

— É, ele também.

Espartacus faz uma pausa, reflete.

— Dá pra confiar nesse filho da puta, Edgar?

— De olhos fechados. É o filho da puta mais confiável que conheci. Mas é um tanto intempestivo.

— Intempestivo... Quem fala assim? — murmura Espartacus.

— O Tomás — Edgar Wilson se cala. — Esse também é outro filho da puta bastante confiável — enfatiza.

— Intempestivo? — questiona Espartacus.

— Não. O Tomás é temeroso.

Espartacus dá de ombros, mas gosta do que escuta. Sem olhar diretamente para Edgar Wilson, fala ao vento:

— Vou precisar de gente pra trabalhar comigo lá.

Edgar Wilson suspira. Lembra-se do tempo em que trabalhou no matadouro.

— Voltaram a criar gado por lá? — quer saber.

— O lugar tá abandonado. Quer dizer, não criam mais nada por lá. Milo usou o matadouro como crematório durante a epidemia, mas agora a mulher dele quer arrendar. Tô tentando falar com ela. Não restou nada vivo naquele lugar.

Ambos são embalados pelo silêncio. Espartacus se mostra levemente ansioso e sente uma leve aceleração cardíaca quando termina de beber o chimarrão.

— Você aceitaria voltar pro matadouro, Edgar?

Edgar Wilson se sente fustigado e não responde de imediato. Não sabe o que dizer. Esteve no matadouro do Milo há pouco mais de um ano. Há um pesar em suas lembranças quando se recorda do cheiro ardido da morte que pairava sobre o local. Da pilha de corpos doentes sendo eliminados no fogo dia após dia.

Por fim, Edgar Wilson olha para Espartacus e pergunta:

— O que você quer com aquele lugar?

— Búfalos. Quero criar búfalos. Preciso recomeçar.

Espartacus enruga a testa e contrai os lábios por alguns instantes antes de continuar:

— Parece que tem um circo se instalando no matadouro. Odeio circos. A viúva do Milo alugou parte do lugar pra eles...

O radiocomunicador chia. Edgar Wilson se mexe para abrir a porta da caminhonete. Antes de se afastar, Espartacus diz:

— Pensa nisso. O índio e o padre também podem vir.

Edgar Wilson senta atrás do volante e atende ao chamado de Nete.

— Unidade quinze zero oito.
— Edgar, vem pra cá agora.
— O que houve?
— O de sempre. O moedor enguiçou.
— Já tô indo.

Edgar Wilson chama por Espartacus, que volta alguns passos para trás.

— Por que búfalos?
— Menos colesterol, menos gordura e calorias. Búfalos são bem melhores que bovinos. É o futuro — responde Espartacus, que dá uma piscadela e se afasta novamente para ir embora.

Edgar Wilson abre a caixa da bomba de calibração e regula o medidor de libras em quarenta PSI para encher os pneus dianteiros. Quando puxa a mangueira, constata uma pequena fissura na borracha. Dá meia-volta na caminhonete e pega um fita isolante preta. Rasga com os dentes um pedacinho e cola na mangueira antes de se agachar e encher os pneus. Repete o mesmo com os pneus traseiros, com a regulagem de apenas dois PSI a mais na pressão. Em estradas mais curvas e maiores depressões, os pneus de aro dezessete da caminhonete são mais seguros quando não estão em seu limite.

Levanta o capô e regula a água do radiador. Completa o óleo com um pouco que ainda resta num frasco quase vencido largado no chão do veículo. Sobe na caminhonete depois de fumar mais um cigarro e segue pela estrada em direção ao galpão da empresa de recolhimento de animais mortos em estradas.

Pelo caminho, observa as estradas recém-pavimentadas. O brilho resinoso do asfalto reflete em seus olhos como diminutas estrelas no céu da noite. As horas sombrias das noites prolongadas que o fizeram estremecer depois de seguidos eventos sem explicação reverberam diariamente em suas memórias. A escuridão que engoliu a Terra, levando-a para os abismos de um deus, era apenas o acobertamento do sol pela fumaça das queimadas severas que sitiaram os povoados e que avançaram até as florestas, fazendo com que o fogo lambesse tudo o que estivesse à sua frente, parando apenas quando chegou ao mar.

Ventos de toda parte convergiram, formando nuvens densas que por três dias impediram o sol de brilhar sobre a Terra, provocando na sequência uma chuva escura que lavou os resíduos poluentes do ar. Parecia que toda a imundície da Terra, uma vez levada aos céus, estava caindo sobre nossa cabeça, como um expurgo e uma maldição.

A epidemia arrefeceu, os mortos foram recolhidos e descartados, os escombros dos vilarejos pulverizados foram encobertos por heras, mofo e insetos. Sim, os insetos voltaram. A vida floresceu em abundância. O céu se tornou mais iluminado nas noites de inverno e mais dourado nos dias quentes de verão.

Antes havia o silêncio, o desaparecimento dos vermes necrófagos e a iminência do fim de todas as coisas. Mas esse fim recaiu sobre a Terra como raios diluídos. Tudo não passou de uma sequência de fenômenos explicados à exaustão por especialistas de toda sorte.

Edgar Wilson sabe o que viu e sabe o que não pode ser explicado. Enquanto dirige a caminhonete com os vidros arriados, atravessado pelo vento morno que indica o calor das próximas horas, pensa no que Espartacus falou. Imagina como é estar de volta ao matadouro do Milo. Talvez devesse apenas seguir pelas estradas e recolher os animais que voltaram a povoar a região, mortos depois do aumento do tráfego nas rodovias.

Freia a caminhonete ao ver Tomás à beira da estrada recolhendo partes de um cachorro morto. Edgar Wilson estaciona à frente. Desce e segue sem pressa até ele.

— Tá indo pra onde, Edgar? — questiona Tomás, enquanto recolhe o último pedaço do cachorro.

— O moedor enguiçou. Vou lá consertar.

Tomás dá de ombros. Retira as luvas de borracha ao terminar o serviço, apanha o toco de charuto do bolso da camisa e o acende.

— Vai esquentar. É melhor se cuidar — comenta Tomás, olhando para o céu.

— Encontrei o Espartacus. Ele quer alugar o matadouro do Milo. Ofereceu trabalho.

Tomás se mantém em silêncio. Pigarreia e cospe no chão.

— Isso aqui não tá bom pra você? Melhor mortos do que ter que abater eles — diz.

Edgar Wilson não responde. Tomás se mexe para voltar à sua unidade e seguir trabalhando. Mas algo incomoda a sua alma como quem cutuca um ninho de vespas. O terror que assolou a Terra por dias ainda segue seus passos. Como a morte que reverbera do chão e do céu, como a boca das profundezas que desertam os homens que caminham debaixo do sol.

Tomás para. Volta-se para Edgar Wilson e pensa por alguns instantes até dizer:

— Sabe que dia é hoje?

Edgar faz que sim com a cabeça.

— Tenho a sensação de que isso aqui não tá acontecendo — diz Tomás.

— Do que você tá falando?

Tomás estende as mãos indicando tudo à sua volta.

— Isso!

Edgar Wilson baixa os olhos e sente seu peito se comprimir. É como se um único espírito preenchesse toda a imensidão, tanto do céu como da terra. Mas, principalmente, a imensidão que mora do lado de dentro, junto da alma, medida pela pulsação do sangue.

— Edgar, você não acha tudo isso estranho? — insiste Tomás. — Todas essas pessoas indo e vindo. Toda essa normalidade...

Edgar Wilson se afasta alguns passos. Em geral, escolhe não responder. Diante do que Tomás diz, sente uma leve pressão nos ouvidos, como se os batimentos estivessem mais acelerados.

Tomás tenta se conter. Olha diretamente para Edgar Wilson e continua:

— Sabia que estão construindo um parque de diversões perto da BR-18? Tem um circo sendo montado aqui perto. Um circo, Edgar.

Edgar Wilson respira fundo. Caminha até o meio da estrada e olha de um lado para o outro. Não diz nada até que Tomás para à sua frente e conclui:

— Foi bem aqui! Ali tinha um monomotor caído, e ali, um jipe militar capotado. — Tomás fala enquanto balança os braços, apontando em várias direções. — A gente foi engolido pela escuridão bem aqui.

Edgar Wilson interrompe.

— Ainda estamos aqui, Tomás.

Tomás olha sério para Edgar Wilson e diz:

— Acha mesmo que estamos aqui? Na mesma estrada de sempre, recolhendo animais mortos?

— Se não aqui, onde estamos? — diz Edgar, olhando fixamente para Tomás.

Tomás desvia o olhar, irrita-se de modo contido, pois não sabe a resposta.

— Isso aqui é real, Tomás — insiste Edgar.

— Inteiramente em toda parte, sem estar contido em parte alguma — resmunga Tomás.

Edgar Wilson processa em silêncio cada palavra que Tomás acaba de dizer. Lembra-se da ponte inacabada suspensa sobre o abismo, que não levava a lugar nenhum. Não sabe diferenciar homens de demônios depois que os astros se consumiram por diversos dias.

— Eu ainda não tive notícias dele — comenta Edgar Wilson, olhando para o fim da estrada.

— Nem sabemos se ele está vivo — completa Tomás.

Edgar Wilson tem um pesar na alma e nos olhos sempre que lembra de Bronco Gil, que desapareceu no segundo dia de trevas. Nem um bilhete, nem um rastro. Para eles, tudo o que ocorreu foi a abertura das portas do céu e do inferno. Tudo o que estava no meio, de fato, foi consumido.

Mas não há um inferno debaixo de nossos pés, nem um céu protetor sobre a nossa cabeça. O que existe é o vazio preenchido por nossos pensamentos. Acima e abaixo, o intervalo do espectro ganha formas e contornos para nos fazer acreditar que não somos regidos pelo vazio e pela solidão. Tão vasto quanto o infinito são nossos anseios, tão desprezíveis e amorais, nossas insatisfações.

Por fim, são espectros; esses registros fantasmagóricos das nossas projeções. Se vivos, seguimos vivos. Mortos, permaneceremos assim, inertes, debaixo da poeira das estrelas.

— Bronco foi embora, mas vai voltar.
— Como é que você sabe, Edgar?
— Ele sempre volta.

Edgar Wilson gira sobre os calcanhares e segue até sua unidade. Sobe na caminhonete. Está tomando um gole do café fresco quando seu relógio de pulso toca o alarme. Suspira. Observa pelo para-brisa o espetáculo que se seguirá. A primeira explosão do dia. A intensidade do deslocamento do ar chacoalha a caminhonete. A chuva de pedras diminutas que saltam da pedreira e a nuvem de poeira envolvem o veículo. Edgar termina seu café e, quando o ruído da explosão deixa de produzir ecos, dá a partida e segue pela estrada, agora esvaziada.

Algumas rodovias foram bloqueadas por completo depois do rompimento do asfalto; pontes desapareceram e vilarejos inteiros foram extintos. Um novo mapa rodoviário foi impresso e distribuído gratuitamente. Novos caminhos levando para velhos destinos. Pelo espelho retrovisor, Edgar Wilson percebe que um animal agoniza à beira da estrada. Vê suas patas suspensas no ar moverem-se em aflição.

Para a caminhonete e engata a marcha a ré. Anda alguns metros até frear novamente. Desce da unidade quinze zero oito e se aproxima do animal agonizante: um cão. Um vira-lata robusto, cor de fogo e com manchas irregulares no dorso. O cão chora. Um prego está enfiado em sua pata traseira esquerda, e ele tem escoriações em partes da cabeça. Possivelmente foi atingido pelos resíduos da pedreira. A coleira está partida, desgastada e manchada de sangue, caída perto do animal.

Edgar Wilson suspende o animal e o carrega nos braços até o banco do passageiro da caminhonete. Cobre-o com uma manta e o aninha o mais confortável possível. Ao fechar a porta do carona, Edgar percebe pelo espelho retrovisor lateral um corpo humano caído.

Segue alguns metros à frente de onde estava o cachorro e encontra um homem com uma pintura de palhaço no rosto, usando botas, jeans e uma camiseta velha com uma imagem de circo. Edgar imagina que o cachorro e o homem estavam juntos. O homem está com parte do crânio afundada. Aquele trecho da estrada costuma ser o mais atingido pelas explosões da pedreira. Quando ocorre uma dinamitação, pedaços de rochas são lançados violentamente para cima e depois caem em grande velocidade. Tudo o que está no caminho, se atingido, é esmagado.

Parece morto aos olhos de Edgar, que volta à caminhonete e tenta contato com Nete.

— Aqui é a unidade quinze zero oito. Câmbio.

— Aqui é a central. O que foi, quinze zero oito?

— Encontrei um homem atingido pela explosão.

Silêncio do outro lado do radiocomunicador. Chiado breve. Nete pede a localização. Edgar dá as coordenadas.

— Vou mandar o Tomás praí — diz Nete, que desliga em seguida. Edgar Wilson acarinha o cachorro. Apanha uma garrafa de água e dá um pouco para o animal, que bebe e suspira.

Desde a retomada das explosões na pedreira, o órgão que recolhe animais mortos passou a ter autorização para recolher qualquer criatura vivente atingida pelos resíduos da detonação. Isso inclui humanos, porém somente a unidade de Tomás tem autorização para esse procedimento, já que os corpos humanos devem ser transportados numa maca presa por uma estrutura metálica, para evitar que o corpo se misture ao dos animais, que são transportados soltos e empilhados.

Edgar Wilson serve um pouco de café e acende um cigarro. Apoiado na traseira de sua unidade, fuma e beberica o café. O dia está firme e o sol ilumina a terra. Alguns panfletos voam de um lado a outro quando tocados pelo vento. Edgar apanha um caído no chão. A imagem de um circo colorido, com letras grande destacando o nome: O CIRCO DAS REVELAÇÕES. Em letras menores, lê-se: *Onde os mistérios são revelados. Onde sua história é contada*. Edgar Wilson suspira, pensativo, quando percebe os pés do palhaço se mexerem sutilmente. Segue até o corpo. Agacha-se segurando o café e com o cigarro preso num canto dos lábios.

O palhaço abre os olhos devagar. Puxa o ar para dentro dos pulmões e imediatamente exibe uma expressão de dor. Balbucia algumas palavras baixinho. Edgar Wilson aproxima o ouvido para escutá-lo.

— Meu cachorro...

— Ele está vivo. Estou cuidando dele.

O palhaço começa a chorar. Talvez veja toda sua existência mostrada em fragmentos luminosos diante de si. Os olhos estão saltados devido ao afundamento do crânio. A boca está cortada.

— Você foi atingido pela explosão — diz Edgar Wilson.
— O socorro já vem.

O palhaço parece chorar mais profundamente, mas isso é difícil para ele.

— Não foi a explosão — balbucia o homem.

Edgar Wilson se sente confuso, perdido. Olha para os lados, imaginando encontrar o rastro de um possível assassino.

— Quem fez isso? — pergunta Edgar Wilson.

O homem permanece estático, e seus olhos se apagam logo depois de dizer:

— Cuida dele...

O palhaço está morto, sem dúvida. Sua alma, inteiramente em toda parte sem estar contida em parte alguma.

Edgar Wilson verifica os batimentos cardíacos e se certifica da morte. Ela está ali, naquele homem no chão, levada pelo ar. Edgar toca o morto e fecha seus olhos. Morre um pouco sempre que encontra a morte. Conhece seu cheiro e a delicadeza com a qual dispersa a vida. Ainda que violenta, a morte em espírito é suave. Existimos porque fomos criados. Para a vida e para a morte. Criados para estarmos aqui exatamente neste instante.

Tomás estaciona sua unidade a poucos metros de distância e segue até o local do corpo, onde Edgar Wilson continua a observar. Tomás traga levemente seu toco de charuto e diz conclusivo:

— Eu disse que o circo chegou.

Edgar Wilson se levanta e caminha até a estrada. Tomás o segue para buscar a maca em sua unidade.

— Ele disse que não foi a explosão — fala Edgar Wilson.
— Foi atacado?

— Parece que sim.

Tomás remove a maca e Edgar Wilson segue à frente para suspender o corpo. Com a ajuda de Tomás, o posicionam e levam até a caçamba da unidade.

— Preciso notificar a polícia. Vou deixar ele no IML — diz Tomás, abrindo a porta da caminhonete e sentando-se atrás do volante.

Edgar Wilson regressa à sua unidade e dirige até a oficina do taxidermista para quem costumava vender alguns espécimes raros quando os encontrava mortos pelas estradas. Estaciona a caminhonete em frente à oficina, que se resume a uma casa velha e grande, repleta de animais de toda parte.

Edgar toma o cão nos braços e avança pelo quintal depois de empurrar com um dos pés o portão entreaberto. Caminha até a oficina que fica nos fundos. A porta está aberta e Edgar Wilson entra devagar, com o cão gemendo vez ou outra em seus braços.

Tião, debruçado sobre a carcaça oca de um javali que repousa sobre a mesa de pedra, costura delicadamente a barriga do animal, agora empalhado. O cheiro do local é sempre ácido e infecto. Moscas voejam sobre as vísceras jogadas dentro de uma banheira velha e encardida. No rádio, uma música toca baixinho. Tião ergue a cabeça ao ver Edgar Wilson e faz cara de surpresa.

Edgar deposita o cão sobre a mesa, ao lado do javali.

— Mas esse tá vivo, Edgar — diz Tião.

— Ainda. Ele tá ferido — responde Edgar, aflito.

Tião dá uma boa olhada no cão. Encontra a pata com o prego enterrado. Vira-se, lava as mãos e apanha um pequeno alicate.

— Segura ele firme.

Edgar amordaça o cão com uma fita adesiva e o segura. Tião remove devagar o prego enterrado na pata do animal, precisando fazer força. O animal esperneia e se debate de dor. Tião remove o prego por completo. O sangue escorre rapidamente pela mesa. Tião desinfeta com cachaça uma pequena agulha de taxidermista usada em pequenas aves e sutura a pata do cão. Envolve-a com um curativo branco. Edgar Wilson retira a mordaça do animal. Tião entrega dois comprimidos para Edgar Wilson enfiar na goela do cão, que está quase desmaiado, sonolento pela dor.

— São pra infecção. Ele vai ficar bem — diz Tião.

Enquanto o cão descansa numa cama improvisada no chão, Edgar Wilson toma um café fresco com Tião. Há meses não se veem.

Tião senta numa cadeira em frente a Edgar Wilson, que acende mais um cigarro. O último ano fez Tião ganhar peso. Seus óculos de lentes grossas e pesadas marcam o rosto mais gordo. As roupas estão mais apertadas. As pernas inchadas.

— Vai ficar com o cão?

— Vou — diz Edgar Wilson.

— Até hoje você não me trouxe aquele búfalo — comenta Tião.

— Eles estão cada vez mais raros por aqui — responde Edgar Wilson. — Espartacus quer começar um negócio com eles...

Tião fica pensativo.

— Ele fechou o bar? — questiona, surpreso.

Edgar Wilson faz que sim com a cabeça.

— Não sabia que ele entendia de búfalos...

— Parece que sim.

— Se conseguir um, traz pra mim. Acho que vou parar com o meu negócio e ia gostar de encerrar empalhando um búfalo. O último grande trabalho — diz Tião, com um leve brilho nos olhos.

— Por que vai parar?

— Ando doente. Esse trabalho envenena a gente.

Tião tosse por alguns segundos e, quando retoma o fôlego, conclui:

— Você não quer tocar o negócio? Leva jeito.

Edgar suspira. Detesta o cheiro do formol, bórax e sulfato. Sente desintegrar-se por dentro ao mesmo tempo que observa a morte disfarçada na vida plástica dos animais insepultos e ocos. Os olhos de vidro e a expressão estática conferem a eles a entrada na eternidade terrena pendurados numa parede ou expostos num museu. Ainda que não estejamos mais aqui, os animais empalhados permanecerão nos vigiando, perenes e inertes.

Quando Edgar Wilson termina o café, Tião está cochilando ruidoso e exausto, com a cabeça pendendo para a direita e os óculos pesados equilibrando-se na ponta do nariz. Edgar se levanta sem fazer barulho, pega o cachorro nos braços e sai.

2.

O intenso trabalho do moedor foi interrompido há duas horas. Depois de chafurdar na engrenagem do interior da máquina, Edgar Wilson consegue fazê-lo funcionar. Sinaliza para o rapaz, um operador novato, que se aproxima timidamente.

— A máquina tem uma peça que sempre solta. Quando tudo parar, você desliga ela na chave de força e desce até o fundo. Lá, você vai encontrar uma caixa azul. Dentro, tem dois conectores. Você liga o fio vermelho primeiro e depois o fio preto, entendeu?

O rapaz faz que sim com a cabeça e responde apenas "Sim, senhor". Dá meia-volta e segue em direção ao amontoado de animais mortos. Edgar Wilson o chama e ele se vira.

— Eu lamento pelo que aconteceu com o seu tio.

O rapaz suspira e emite um muxoxo.

— Ele não aguentou. Tava doente. Foi você quem encontrou os meninos, não foi?

Edgar Wilson olha para o moedor e se recorda dos dois meninos mortos pelo próprio pai, que se matou em seguida. Edgar faz que sim com a cabeça, com pesar.

— Achei que iam fechar esse lugar. Nunca imaginei parar aqui... — diz o rapaz.

— O moedor nunca pode parar. Lugares como esse não fecham, eles se multiplicam — conclui Edgar Wilson, antes de sair do galpão e ir para o pátio do órgão de recolhimento de animais mortos.

Apoiado contra uma mureta, Edgar Wilson fuma um cigarro antes de tomar um banho para remover toda a imundície que o cobre e regressar às estradas. Acomodou o cão em sua casa a caminho do galpão.

Tomás, a caminho do refeitório, para alguns instantes para falar com Edgar Wilson.

— Ele não tinha identificação. O palhaço — diz Tomás.

— Deixou ele no IML?

— Não. Tive que trazer pra cá. Acabei de deixar ele no frigorífico.

— Pelo menos a gente tem um frigorífico agora.

— Disseram pra levar no fim do dia.

Silêncio entre os dois. Já viveram essa sensação antes. Apesar de poderem recolher de vez em quando um morto e terem duas gavetas no frigorífico, a sensação continua exatamente a mesma.

— Acho que o circo tá no matadouro do Milo — comenta Edgar Wilson.

— Como sabe?

— O Espartacus — Edgar faz uma pausa. — Ele disse que a mulher do Milo alugou o terreno pra eles.

Tomás suspira. Sente o fedor que exala de Edgar Wilson, mas não se distancia um milímetro. Permanece imóvel por segundos.

— Eles devem conhecer o palhaço — diz Tomás.
— Sim.

Os olhos de Edgar Wilson se iluminam por um segundo ao olhar sobre os ombros de Tomás. Ele sorri sereno e aliviado.

— Filho da puta — murmura.

Tomás olha para trás. Bronco Gil cruza o pátio caminhando devagar, com o olho de vidro levemente torto e com um chapéu de palha na cabeça, protegendo-se do sol. Suas botas novas e polidas tocam o chão com força e o tilintar suave das esporas de metal ecoa a cada passo. Bronco Gil concentra em si a resiliência dos dias violentos, a bondade em meio ao caos. Carrega na alma essa paz imperturbável, sua inabalável força para sorrir e chorar, sofrer e se alegrar.

— Você continua fedendo a merda, Edgar Wilson.

Bronco Gil ignora todo o excremento que cobre Edgar e abraça o amigo com vigor. Vira-se e abraça de modo mais breve Tomás, com um seguido forte tapa no ombro.

— Sabia que você ia voltar — diz Edgar Wilson.
— Eu sempre volto — responde Bronco Gil.
— Por onde andou, Bronco? — pergunta Tomás.
— Toda parte — o outro responde.

Bronco Gil olha de um lado a outro, tentando conectar-se ao local.

— Depois de tudo aquilo, tive que me afastar por um tempo — Bronco Gil olha diretamente para Edgar e Tomás, que esperam por mais informações. — Eu vim com o circo.

Negociei com a mulher do Milo e alugamos uma parte do matadouro. Foi barato. Aquilo lá tá abandonado.

Edgar Wilson e Tomás se entreolham.

— Vem ver uma coisa — diz Tomás.

Edgar Wilson puxa a gaveta do frigorífico e Tomás diz:
— Conhece ele?

Bronco Gil observa por um breve instante antes de dizer:

— Claro que sim. Quem fez isso com ele?

— Achei que tivesse sido a pedreira. Olha aqui o afundamento no crânio... — mostra Edgar Wilson. — Mas ele ainda tava vivo quando eu cheguei. Disse que não foi a explosão.

— Ele tá sem identificação — completa Tomás.

Bronco Gil continua a observar o palhaço morto. Enfia dois dedos na boca do morto, cutuca por instantes e puxa um dente canino que já estava meio bambo. Suspende o dente no ar.

— Tá vendo isso aqui? É ouro.

— Você que matou ele, Bronco? — quer saber Tomás.

— Eu não matei ele. Por causa de um dente? — responde, abismado.

— Como posso acreditar em...

Edgar Wilson interrompe Tomás.

— Se ele disse que não foi ele, não foi.

Então se volta para Bronco Gil.

— Vamos levar ele pro IML. Você pode identificar o corpo?

Bronco Gil faz que sim com a cabeça enquanto permanece olhando para o morto.

— Sabe quem pode ter feito isso? — questiona Tomás.

Bronco Gil permanece em silêncio, observando o palhaço morto.

— Que diferença faz pra você, Tomás? — Bronco Gil encara o ex-padre e volta a olhar para o palhaço. Faz o sinal da cruz sobre o próprio peito e balbucia algumas palavras.

Tomás caminha uns passos para trás e devagar deixa o frigorífico de cadáveres. Edgar Wilson empurra a gaveta para dentro da grande geladeira de mortos e sai do local, seguido por Bronco Gil.

O refeitório teve seu tamanho reduzido, assim como a mão de obra do local. Edgar Wilson serve para si um punhado de purê de batatas e uma carne com molho escuro. Bronco Gil se senta à sua frente e começa a comer. Tomás está afastado, sente-se angustiado todo o tempo.

— O que deu nele? — Bronco Gil indica Tomás com uma rápida olhada.

— Não foi mais o mesmo depois daqueles dias — responde Edgar Wilson, entre uma garfada e outra.

— Por que continuou aqui, Edgar?

— Pra onde eu iria, Bronco?

— Você tinha opção.

Edgar Wilson baixa os olhos e mira a carne suculenta misturada ao purê. Gira o garfo entre um e outro. Não sente fome.

— Onde você tava? Que conversa é essa de circo?

Bronco Gil termina de engolir, sem pressa.

— Quando a noite caiu, eu saí andando por aí, sempre seguindo pro oeste. Achei que tudo tinha acabado — ele pensa por alguns instantes. — Cheguei num balneário e lá tinha a luz do sol. A escuridão por essas bandas já tinha terminado, mas decidi não voltar tão logo. Algumas coisas aconteceram e eu precisei ficar um tempo afastado.

Edgar Wilson não pergunta sobre as coisas que aconteceram com Bronco, pois sabe que certos assuntos são profundamente pessoais e devem ser mantidos em segredo.

— Eu vi coisas, Edgar. Coisas que não consigo explicar.

— Do que você tá falando?

— Na escuridão.

— O que você viu?

Um silêncio áspero recai sobre Bronco Gil e seu único olho bom permanece tão morto quanto o de vidro. Estático, é assim que permanece por um tempo.

Tomás se aproxima e se senta ao lado de Edgar Wilson. Engole em seco. Olha para Bronco e diz:

— Me desculpa. Eu não ando muito bem.

Bronco Gil finalmente desperta e observa Tomás e o crucifixo pendurado em seu pescoço.

— Ainda tá preso nisso, Tomás? — comenta Bronco.

Tomás toca o crucifixo.

— Certos hábitos nunca se perdem, índio.

Eles sorriem um para o outro.

— Espartacus quer criar búfalos no matadouro do Milo. Ofereceu trabalho pra nós três — diz Edgar Wilson.

— Vocês aceitaram? — pergunta Bronco Gil.

— Ainda não — responde Tomás.

— Espartacus tá com problemas pra conseguir o lugar por causa do circo — completa Edgar Wilson.

— Isso não é problema. A gente coloca uma cerca. Delimita os espaços.

— Acha mesmo possível?

— Acho sim, Edgar.

— Vou falar com o Espartacus e depois do IML a gente pode ir até lá.

Edgar Wilson dá mais uma garfada em seu almoço já frio e se sente satisfeito de poder deixar o trabalho nas estradas, recolhendo corpos mortos de animais e tratando com cadáveres humanos insepultos.

Ao menos no matadouro é ele quem escolhe o que abater e o fim dessas criaturas que existem para serem devoradas. Isso Edgar Wilson conhece bem. Essa fome insaciável por carne e sangue, que nos imputa como carnívoros quando somos assassinos.

— Ele tinha um cachorro — diz Bronco Gil olhando para Edgar Wilson, que se mantém quieto. Edgar baixa os olhos e empurra o prato de comida fria ainda pela metade:

— Tá comigo. Vai ficar bem.

Bronco solta um muxoxo e suspira em seguida.

— Se chama Rura, o cão.

Edgar Wilson balança a cabeça sutilmente num sim. Gosta do nome.

Horas antes de o dia se esgotar por completo, Edgar, Bronco e Tomás vão juntos para o IML, onde pretendem deixar o corpo antes de seguirem para o matadouro. Não conversam pelo caminho. Tomás escolhe ir na traseira de sua unidade para ir rezando uma breve missa fúnebre. A cada quilômetro percorrido, encomenda a alma do homem para todos os santos, todos os anjos. O réquiem breve e improvisado se desenrola numa espécie de via-crúcis de um dia quente e de aspecto nebuloso, acompanhado atentamente por abutres que passaram a dominar os céus, voando baixo, pousados em galhos de árvores, aguardando a carniça exposta nos asfaltos.

— Que o Senhor lhe conceda o eterno descanso — balbucia Tomás.

Por um instante, percebe que não perguntou a Bronco Gil o nome do homem morto. Decide manter o aspecto ritualístico e imagina que tanto os santos como os anjos hão de saber o seu nome.

Edgar Wilson estaciona a caminhonete em frente ao IML. Bronco Gil ajuda Tomás a remover a maca da traseira da unidade e os três entram pela porta lateral do instituto. A mulher que cuida das entradas de corpos reconhece Tomás e sinaliza ao longe, indicando que espere. Ela termina uma ligação e se aproxima.

— Sua benção, padre.

A mulher beija a mão de Tomás. Ele a abençoa.

— Vocês podem levar o corpo pra dentro. Temos uma gaveta disponível agora — conclui a mulher, indo pegar uma prancheta e preenchendo-a com alguns dados. Ela segue os homens até o frigorífico, onde a temperatura é oscilante e o cheiro de carne em decomposição permanece fixo nas paredes.

— Estamos com problemas no sistema de refrigeração, mas amanhã alguém vem ver — ela se desculpa. — Já identificaram ele?

— O Bronco conhece ele — responde Tomás.

A mulher olha para Bronco Gil e espera que diga o nome do morto.

— Eu só sei o nome de trabalho. Huracán — diz Bronco Gil.

— A gente vai avisar no circo — interfere Edgar Wilson.

A mulher se impressiona olhando para o homem morto. Fica em silêncio por alguns segundos.

— Não sabia que tinha um circo por aqui... Faz anos que não vejo um palhaço. Do que ele morreu? — quer saber.

— Estava caído na estrada — diz Tomás.

A mulher indica a gaveta onde o devem pôr e, antes de fechá-la, ela escreve "sem identificação" numa etiqueta e cola na camiseta do homem. Eles agradecem e deixam o local.

Movimentam-se na direção do matadouro para falar com a viúva de Milo. No caminho, Espartacus se junta a eles. Conversam ainda com a luz do dia alta, à beira da estrada, debaixo de uma árvore seca.

— Deixa eu ver se entendi bem... O Bronco quer intermediar o negócio? — questiona Espartacus.

— Eu posso levar vocês até a dona Rosario. Mas é você quem vai convencer ela — retruca Bronco.

— Por que ela te ouviria?

— Porque eu consegui que alugasse parte do lugar pro circo.

— Basta uma cerca — interfere Edgar Wilson.

Espartacus olha de modo curioso para Edgar.

— Pra separar o circo do matadouro — conclui Edgar Wilson. — É simples.

Espartacus fica pensativo, mas, ao mesmo tempo que se sente confuso, intui que seu negócio com os búfalos pode dar certo.

— Onde estão os búfalos? — quer saber Tomás.

— Quando eu tiver o lugar, meu irmão vai trazer eles. Tem umas cinquenta cabeças, talvez sessenta.

Espartacus toma alguma distância e, pensativo, elabora algumas decisões enquanto observa o final da estrada. Volta decidido:

— Então vamos lá.

Os homens seguem para o matadouro do Milo. Edgar Wilson vai no carona, ao lado de Espartacus, que segue a caminhonete de Tomás.

— Tá mesmo decidido, Edgar?

— Talvez você esteja certo. Búfalos são o futuro.

— Que história é essa do Bronco Gil tá com o circo?

— Ele fala pouco. Não sei direito.

Edgar Wilson reclina a cabeça contra o banco do carona e cochila por alguns instantes. Abre os olhos quando sente o veículo sacudir bruscamente. Do asfalto para a estrada de terra. A velha placa do Matadouro do Milo continua pregada no alto do portão. Eles atravessam a porteira e seguem para o interior do local.

Rosario, viúva de Milo, descansa debaixo de uma árvore, sentada numa cadeira de palha. Fuma um cachimbo pequeno e fino, abastecido com tabaco de folhas de amora e flor de hibisco, enquanto beberica um cinzano rosso gelado — um vermute de coloração castanho-escura com perfume de baunilha, adocicado, com notas frutadas e leve picância de artemísia.

Ao avistar as caminhonetes entrando em sua propriedade, não faz menção de sair do lugar, não hesita ou se surpreende. Permanece em seu ritmo habitual, com o olhar pesado, carregado de nostalgia.

Estacionam os veículos. Edgar Wilson observa o topo da tenda do circo montada ao longe. Pensa que terá que levar a notícia da morte. Bronco Gil parece não ter pressa, enquanto Tomás se mostra ansioso. Espartacus quer tão somente resolver o assunto.

— Boa tarde — diz Bronco Gil para a mulher, que arqueia as sobrancelhas enquanto beberica seu vermute gelado.

— Boa tarde, meu senhor — responde Rosario, sem pressa.

— Viemos falar com a senhora sobre a possibilidade de arrendar o matadouro — continua Bronco Gil.

Espartacus passa na frente. Estende o braço para cumprimentar a mulher.

— Tentei falar com a senhora algumas vezes, mas...

Rosario interrompe Espartacus e se inclina para o lado, desviando-se para ver quem está mais atrás.

— Edgar Wilson — murmura a mulher.

Edgar está apoiado numa árvore tentando se manter distante. Olha para Rosario quando percebe que ela o encara. Dá um pequeno impulso e vai até a mulher, que sorri sutilmente quando ele se aproxima.

— Quanto tempo — ela diz.

— Sim, senhora — responde Edgar.

— Quer voltar a trabalhar aqui?

Edgar faz que sim com a cabeça.

Rosario parece satisfeita em ver novamente os antigos funcionários do matadouro: Bronco e Edgar. Ela olha para Tomás com interesse e curiosidade.

— Esse é o padre Tomás — diz Edgar Wilson.

Tomás estende o braço e cumprimenta Rosario, que se sente abençoada.

— Sim, o padre. Vocês estiveram aqui na época da epidemia. O Milo me contou que foram recrutados.

— Não fomos — diz Tomás.

— A gente tava tentando entender o que tava acontecendo — completa Edgar Wilson.

— Agradeço o senhor, padre, por ter dado algum conforto pro Milo.

— Ele era um bom homem — diz Bronco Gil.

Milo morreu vítima de sequelas de uma infecção causada pela epidemia. Seus pulmões debilitados e o coração grande deixaram de funcionar simultaneamente.

— Depende do ponto de vista — fala Rosario. — Era um filho da puta na maior parte do tempo. Aceitou cremar toda aquela gente aqui sem minha autorização. Eu nunca teria deixado aquilo acontecer — Rosario faz uma pausa e sente um leve mal-estar ao pensar em tudo o que ocorreu ali. — Ele destruiu este lugar. Não sobrou nada vivo aqui — conclui a mulher.

O crematório, antes usado para dar fim ao gado doente, por meses fez desaparecer centenas de humanos. Durante a epidemia, Milo encontrou uma nova forma de ganhar dinheiro, mas depois que tudo passou ele também foi cremado, por Rosario, sua esposa.

— Onde estão os cadáveres? — quer saber Edgar Wilson.

— Todos estão enterrados lá atrás, depois do lago. A cremação não acabava com tudo. Mandei construir um memorial pros mortos. Acho que eles queriam isso, porque eu tinha pesadelos todas as noites. Uma vez na semana acendo uma vela pra eles. Tem uma capelinha também. Mandei construir com o que restou da madeira do crematório.

Bronco, Tomás e Edgar Wilson olham na direção onde ficava o crematório. O local foi demolido. Apenas as marcas do piso de concreto no chão quase totalmente encoberto pela vegetação indicam que ali havia uma construção.

Finalmente, Rosario olha para Espartacus, que se mantém próximo a ela.

— O que quer criar aqui, senhor?

— Búfalos.

Rosario pita seu cachimbo sem pressa, apreciando o gosto das ervas e o perfume de amora que impregna tudo à sua volta.

— Já lidou com bubalinos? — ela quer saber.

— Não, mas meu irmão já.

— Por que ele não tá aqui?

— Tá cuidando dos búfalos. São algumas cabeças e precisamos encontrar um lugar pra eles — responde Espartacus, que olha ao redor antes de concluir. — Aqui seria perfeito.

Rosario cai no silêncio. Somente o tilintar das pedrinhas de gelo chocando-se contra o copo de vidro enquanto bebe o vermute pode ser ouvido.

— Vocês todos estão nisso juntos? — quer saber, enquanto olha para cada um dos homens. Eles acenam positivamente com a cabeça.

Rosario olha na direção do circo e suspira.

— Lá está o circo, como podem ver. Vocês podem ficar com todo o lado de cá até o lago. É mais que suficiente pra criar até mil cabeças de búfalos. Talvez um pouco mais.

Espartacus se ilumina. Respira fundo e dá um leve sorriso. Antes que possa dizer qualquer coisa, Rosario completa.

— Quero dez por cento do faturamento do negócio.

O semblante de Espartacus se torna sombrio, as palavras permanecem atravessadas na garganta e ele sente o pulso acelerado. Todos os outros homens o observam, esperando sua resposta.

— Senhora, ainda nem temos um negócio — diz Espartacus.

— Mas terão. A terra é boa. Tem infraestrutura. Traga os búfalos e eles vão se multiplicar aqui, senhor Espartacus. Eu entendo do negócio. Você tem os melhores homens com você.

Espartacus recua alguns passos e pede licença. Retira um celular do bolso e faz uma ligação. Fala e caminha de um lado para o outro. Minutos depois, ele volta a se aproximar.

— Tudo bem, dona Rosario. A gente aceita sua proposta.

Ela finalmente sorri e estende a mão para selar o trato com Espartacus.

— O senhor não vai se arrepender — ela diz.

— Posso ver a capela? — pergunta Tomás.

— Claro, padre. É só seguir por ali e virar à direita depois do poço.

Tomás acena um obrigado e se afasta devagar na direção indicada. Espartacus enche o peito e respira satisfeito o ar do matadouro. Rosario se levanta e o acompanha numa breve caminhada pelo local. Bronco Gil e Edgar Wilson se entreolham. Sabem que precisam ir até o outro lado e começam a caminhar na direção da imensa lona.

Edgar Wilson acende mais um cigarro.

— Sonhei com isso — diz Edgar Wilson.

— Com o circo?

— Não. Com a volta do matadouro. Tudo de novo.

— Acha que vamos ter problemas aqui? — quer saber Bronco Gil.

— Não sei, mas o raio pode cair duas vezes no mesmo lugar.

Um silêncio recai sobre ambos. O mesmo silêncio de sempre, encoberto pela nuvem densa de prenúncios sombrios.

— O que você viu na escuridão, Bronco?

Bronco Gil para. Edgar Wilson precisa voltar alguns passos para encará-lo. O outro baixa os olhos por um instante e volta a suspendê-los, ao mirar firmemente o domo da tenda do circo.

— Como eu vou morrer.

Edgar Wilson assimila quieto o desabafo do amigo.

— E você vai estar lá, Edgar Wilson — conclui Bronco.

Edgar Wilson toca no ombro de Bronco.

— Você sempre tá a um passo da morte, não é mesmo?

— Bronco sorri ao dizer isso.

Edgar Wilson traga seu cigarro e volta a andar na direção do circo. Bronco o segue e ambos permanecem em silêncio até chegarem ao terreno em que a tenda está montada, com alguns trailers e carros ao fundo. Não há sinal de animais, apesar do cheiro. Uma placa grande com o nome do circo está fincada na entrada do portão lateral, que dá acesso à parte do terreno de uso exclusivo do circo durante sua permanência.

Edgar Wilson costumava caminhar até esta parte do matadouro e respirar um pouco de ar limpo. O cheiro do sangue e de excrementos não chegava a esta área e, assim, para ele, era possível descansar por alguns minutos no fim do dia. Esta parte do terreno é mais elevada, possibilitando avistar o sol afundar atrás das montanhas, na linha do horizonte. Ainda há luz do dia e seus raios diluídos tocam a copa das árvores.

Bronco Gil segue até um dos trailers e bate à porta. Aguarda até que ela se abra. Mendonça, o dono do circo, preenche todo o espaço com sua gordura e com a fumaça que expele de seu charuto. Sem falar nada, faz um sinal apressado para Bronco Gil entrar, seguido de Edgar Wilson. Mendonça vai se ajeitando atrás de uma microescrivaninha que fica no lugar onde deveria ser sua sala de estar, entre a pia da cozinha e a cama.

— Eu tava no banheiro — diz Mendonça, justificando a demora, enquanto ajeita os suspensórios. — Em que posso ajudar, Bronco?

— Esse aqui é o Edgar Wilson. Ele trabalha recolhendo animais mortos na estrada e infelizmente encontrou o Huracán morto.

Mendonça sente uma leve pontada no peito. Seus olhos atordoados passeiam sobre a mesa de trabalho repleta de papéis e bugigangas.

— Mas o que aconteceu? — diz aflito.

— Acho que ele foi atacado — diz Edgar Wilson, enquanto repara na cruz de neon atrás da mesa de Mendonça e um quadro de Jesus Cristo que pisca um dos olhos conforme você se movimenta para a frente e para trás. Um efeito grotesco, mas que não deixa de ser engraçado.

Mendonça se sente ainda mais confuso, mas se resigna. Morto está. Morto permanecerá. Uma mulher abre a porta do trailer e entra carregando uma camisa preta com colarinho clerical. Depara-se com os três homens sérios. O espaço pequeno não comporta quatro pessoas. A mulher mal consegue se mexer.

— Aconteceu alguma coisa? — pergunta, olhando para os três.

— Huracán está morto — diz Mendonça.

— Do que morreu? — pergunta a mulher.

— Foi atacado na cabeça — diz Edgar Wilson.

A mulher suspende as sobrancelhas de modo surpreso e, reflexiva, desvia o olhar até Mendonça. Pendura num cabide a camisa preta com colarinho clerical. Bate com as mãos para remover qualquer possível amassado.

— Onde está o cachorro? — quer saber, virando-se para perguntar.

— Com ele — aponta Bronco Gil.

— Tô cuidando dele — responde Edgar.

— Aquele cachorro me mordeu na semana passada — A mulher mostra uma pequena lesão no braço. — Não confie nele — ela conclui, olhando para Edgar Wilson.

Passada a mágoa pelo ataque do cachorro, ela pergunta:

— Quem atacou o Huracán?

Bronco Gil dá de ombros.

— Ele tinha parentes? — pergunta Edgar para Mendonça.

— Só tinha o cachorro. Posso ajudar em alguma coisa? — diz Mendonça.

Edgar Wilson não tem certeza do que responder, mas acena negativamente com a cabeça. Antes de dar meia-volta para sair do trailer, ele pergunta:

— Senhor Mendonça, este é um circo católico?

Mendonça ri. A mulher sai do trailer sem nenhuma cerimônia.

— Qual é mesmo o seu nome?

— Edgar Wilson.

— Bem, Edgar Wilson, já fomos um circo convencional. Mas depois da epidemia tive uma espécie de iluminação. Ainda fazemos umas palhaçadas, tentamos divertir um pouco as pessoas. Contamos piadas, tem umas brincadeiras, mas o que fazemos aqui é mais do que isso.

Edgar Wilson mantém toda sua atenção em Mendonça. Retira do bolso da calça um dos panfletos que Huracán distribuía.

— "Onde os mistérios são revelados" — Edgar Wilson lê o panfleto para Mendonça.

— Exatamente. Somos o Circo das Revelações. Trazemos as boas novas, trazemos a verdade, e claro, desvendamos os mistérios — diz Mendonça.

— E cura — fala Bronco Gil.

— Também — completa Mendonça.

— Somos o circo da fé. Somos missionários da boa palavra.

Mendonça retira da gaveta de sua mesa dois convites cortesia e entrega para Edgar.

— Venha nos visitar. Traga sua namorada, quem você quiser...

Edgar Wilson pega os convites e agradece ao dono do circo antes de guardá-los no bolso.

— E o palhaço morto? — quer saber Edgar Wilson.

— Vamos preparar um enterro pra ele — responde Mendonça.

Bronco Gil toca o ombro de Edgar Wilson e os dois saem do trailer.

— Não sabia que tinha se convertido, Bronco.

— Eles me ajudaram, mas continuo a mesma pessoa. Você devia vir um dia — diz Bronco Gil, afastando-se para falar com um homem que pinta o rosto de palhaço diante de um pequeno espelho pendurado no galho de uma árvore.

Edgar Wilson volta pelo mesmo caminho e a luz do sol já não lhe faz mais companhia. Sente um leve torpor e diminui o ritmo das passadas. Olha para trás e percebe que na entrada do circo há uma grande cruz de madeira fincada no chão. Um outro homem com o rosto pintado de palhaço está olhando para ele e assim permanece.

Sente medo. Raramente carrega esse sentimento, mas diante de coisas que parecem quase humanas vem a sensação de repulsa visceral. O vale perturbador. O palhaço remove do chão a grande cruz de madeira e a apoia sobre um dos ombros. Caminha na direção de Edgar Wilson, que está paralisado. Não existe nenhuma ameaça aparente, uma ação contra sua vida. Nada. Edgar sente estar afundado no vale perturbador, com os pés presos no fundo da terra e a respiração densa.

O palhaço passa por Edgar e finca a cruz um pouco mais adiante, ao lado de um balde de tinta preta. Ele começa a pintá-la com um pincel largo enquanto fuma um cigarro. Edgar Wilson volta a caminhar pela trilha sem a luz do sol, acompanhado pelas sombras e pelo temor de que aqueles missionários sejam homens de sangue e dogmas. Das verdades absolutas. Do mal como fundamento do bem.

Do outro lado do lago, avista a pequena capela construída com as madeiras do antigo crematório. Edgar conhece cada metro quadrado do terreno. Por anos permaneceu confinado junto do gado e de outros homens.

O mundo não acabou. Depois da escuridão que invadiu os céus no meio da tarde, insinuando um apocalipse bíblico, com uma invasão de gafanhotos e mortes suspeitas por toda a parte; o que veio em seguida foi o silêncio e a loucura. Ainda consegue ouvir o eco seco do silêncio e o som do abismo que reverbera na alma. Todos saíram derrotados. Os que atravessaram a epidemia e tiveram a chance de permanecer aqui não são mais os mesmos. O que vem a seguir é um mistério, os próximos passos, secretos.

Edgar para diante da entrada da capela dos mortos. Sentado na extremidade de um banco, Tomás observa os crânios dos desconhecidos. É como se olhassem diretamente para ele. Difícil saber se com julgamento ou piedade.

Tomás se lembra de quando, muitos anos atrás, cruzou o corredor central da igreja em que era pároco em direção ao altar sagrado. Ajoelhou-se brevemente e fez o sinal da cruz sobre o peito. Observou Cristo na cruz e todos os outros santos que com chagas eternas olhavam petrificados para ele.

Sentiu-se mortificado, descoberto, envergonhado. O semblante abatido indicava que não dormia havia vários dias. Sentia-se como o segundo homicida. A rebelião do seu sentimento o havia trazido até ali.

Escutou os passos atrás de si. Entendeu que a hora de seu julgamento havia chegado.

Por três horas seguidas, ouviu as palavras de sua excomunhão. Com o julgamento dos anjos e a sentença dos santos, Tomás foi expulso da igreja. Deixado pelos seus. Abandonado pelo sagrado. Condenado a vagar sem encontrar repouso. No final, os céus estariam fechados sobre sua cabeça. A ele, restaria apenas a escuridão, o reino das trevas. Ao menos para os condenados e menos afortunados existe um reino.

Quando jovem, dias antes de entrar no seminário, Tomás matou um homem chamado Antero Valesco. Era final de ano e ele havia aceitado um trabalho temporário num sítio para consertar as cercas de madeira de um curral, entre outros pequenos reparos.

Valesco era amigo do dono do sítio e costumava supervisionar o trabalho de Tomás. Um dia, por um terrível mal-entendido, Valesco achou que Tomás queria roubá-lo. Quando teve uma arma apontada para sua cabeça, Tomás travou uma briga com Valesco por vários minutos. Tudo se aquietou quando cravou uma chave de fenda no pescoço de Valesco.

Tomás se tornou um homicida por desespero. Tornou-se um sacerdote por vocação.

Os passos de Edgar Wilson ecoam ao tocarem o assoalho de madeira da capela. Tomás gira o pescoço e nota a sombra que Edgar faz sobre ele. Espantado, Edgar Wilson observa de perto os crânios enfileirados fincados nas paredes de madeira que revestem quase todo o pequeno local.

— É assustador, não acha? — comenta Tomás.
— Quem construiu este lugar?
— Não sei. Mas definitivamente é a igreja dos mortos.

Edgar esquadrinha devagar os crânios. Em muitos, é possível ver a marca da execução, o tiro no meio da testa que atravessou o osso fazendo com que a bala provavelmente permanecesse alojada para sempre ali dentro.

Mandíbulas diláceradas, faces afundadas, e, assim, uma parte da história é contada nas paredes. Edgar Wilson se senta para observar melhor o todo. Assim como os animais mortos pendurados nas paredes, eternizados em formol e sulfato, esses animais eternizam o horror e a desmesura humana.

Perto da entrada da capela, um pequeno altar de pedra sustenta uma vela acesa. Assim, por sete dias, ela queima. A única luz na escuridão. E no princípio havia a escuridão. Nascemos em trevas. O fio de luz condutor para toda a existência se consome ao longo do tempo, numa linha descontinuada, diluindo-se na eletricidade atmosférica.

— Você sempre diz, Edgar, que os mortos ficam para contar o que aconteceu — fala Tomás.

Edgar Wilson acende mais um cigarro. Fuma e suspira. Sente-se cansado pelo longo dia. A noite já acoberta a todos, mas não traz sossego nem alívio.

— Os mortos são da terra. O espírito é de Deus — diz Edgar.

— *E não temais os que matam o corpo, e não podem matar a alma; temei antes aquele que pode fazer perecer no inferno tanto a alma como o corpo* — recita Tomás. Evangelho segundo são Mateus.

— Não tem pra onde fugir, não é mesmo? — diz Edgar Wilson.

Tomás concorda em silêncio.

— Conheci o dono do circo. Não é um circo como os outros.

— É desses com bizarrices?

— Acho que não. É um circo de milagres e revelações.

Tomás olha com certo espanto para Edgar Wilson. Permanece pensativo por alguns segundos.

— Acho que estamos fazendo certo em trabalhar aqui no matadouro.

— Vou comprar uns mourões e levantar a cerca — diz Edgar Wilson se pondo de pé. — Você pode até rezar umas missas aqui. Tem esses mortos pra cuidar...

Para uns, é um ato impuro; para os demais, a liturgia contínua da missa dos mortos. Execrável para os vivos, Tomás se torna o protetor dos mortos e quase mortos, pedindo por suas almas moribundas, firmando uma vela para indicar o caminho em meio à escuridão absoluta.

Edgar Wilson sai e volta para a caminhonete, onde encontra Espartacus eufórico com o negócio dos bubalinos.

— Começamos amanhã, Edgar Wilson — diz Espartacus, animado. — Posso mesmo contar com vocês três?

— Claro. Começamos amanhã — responde Edgar Wilson, abrindo a porta do carona e se acomodando no banco. Pensa em Rura, precisa alimentá-lo e trocar o curativo. Será bom ter um cachorro. Um cão para farejá-lo, para estar no seu encalço. Um animal para auxiliá-lo no trabalho e estar de guarda contra o que quer que seja.

3.

O ronco do motor de um velho caminhão faz Edgar Wilson suspender os olhos e mirar a entrada da fazenda. Rura, seu cão, levanta a cabeça e as orelhas enquanto emite um resmungo fanho. O cão é mudo desde que teve a garganta cortada por uma cerca de arame farpado. Era filhote e sobreviveu, mas nunca mais pôde latir.

Edgar Wilson decide terminar o cigarro antes de se levantar e ir ao encontro dos quilos pesados de mourão de eucalipto que serão usados na construção da cerca.

Faz uma semana que deixou seu trabalho no órgão que recolhe animais mortos, juntamente com Tomás. Rura parece já estar acostumado com Edgar e o segue para onde ele vai. O enterro de Huracán aconteceu no pequeno cemitério nos fundos do matadouro. Tomás fez uma prece. Uns poucos palhaços estavam presentes. Bronco Gil abriu a cova e Mendonça ajudou a sepultar o caixão. Apesar da pequena cerimônia, ninguém se importava com Huracán, mas todos ali pareciam se importar com seu próprio fim. Diante do sepultamento, cada um mergulhava em suas próprias dores e na miragem da morte que lhe cabe.

Quando o caminhão estaciona a poucos metros de distância de onde está, Edgar Wilson se levanta e acena para o motorista, que imediatamente começa a descarregar a mercadoria com o auxílio de um ajudante.

Edgar pisa no que resta do cigarro, encara o chão e percebe sobre si uma sombra que o encobre. Olha para cima e o sol é revestido de uma nuvem escura, carregada de resíduos, que serão derramados sobre a terra nas próximas horas.

— Não consegui a quantidade toda — o homem para de empilhar os mourões no chão e suspira. Olha ao redor, tentando mensurar em segundos as dimensões da fazenda. — Mas acho que vai ser suficiente pro seu cercado — conclui.

Edgar Wilson se abaixa e alisa um dos mourões. Percebe que a madeira é de boa qualidade.

— Acho que vai dar. Passa lá atrás e acerta com o Espartacus.

O homem assente e, quando conclui o descarregamento, segue para os fundos do prédio na companhia do ajudante.

Os búfalos chegarão no fim do dia. O cercado precisa estar concluído quanto antes para que eles não invadam a área do circo. O lote de animais foi adquirido de um fazendeiro que desistiu da criação e vendeu todos a preço baixo para o irmão de Espartacus. Três búfalos do pântano, da raça Carabao, já vivem na fazenda faz dois dias, quando foram laçados por Bronco Gil, que os encontrou na mata, abandonados, perambulando pela noite. São animais violentos e arredios quando criados em seu habitat.

As búfalas são mais valiosas porque dão o leite com que se faz a muçarela. Os machos não têm praticamente nenhum valor e só servem para o abate, por isso são descartados ou vendidos a preço muito baixo. Seu manejo é igual ao do bovino e o sabor e a textura da carne se equivalem. Ninguém nota a diferença. Comemos búfalo pensando ser boi. E assim, desde que o sabor seja parecido, podemos comer qualquer coisa.

Espartacus está sentado atrás da mesa do escritório que pertencia a Milo. Ele tenta lidar com as burocracias, os pagamentos e os frascos de remédios que o mantêm vivo. Tomás está sentado numa poltrona e permanece balbuciando algumas palavras de sua leitura da Bíblia.

— Búfalos se criam rápido. Vai ter carne pra vender logo, logo — diz Edgar Wilson, apagando o cigarro num cinzeiro sobre a mesa.

— A gente precisa de fêmeas pra procriar — responde Espartacus, enquanto joga na boca dois comprimidos para o coração. Engole a seco.

— Ficamos só com os machos já criados. Assim a gente só abate — conclui Edgar Wilson.

Espartacus se recosta na velha poltrona rasgada. Pensa. Gosta da solução simples de Edgar.

— E o Bronco? — quer saber.

— Tá lá colocando os mourões.

— Vamos precisar de um ajudante.

— Já cuidei desse assunto. Ele vai começar logo depois do almoço.

— Por que não veio de manhã?

— Os mourões só chegaram agora. Vamos ter que trabalhar dia e noite pra conseguir fincar todos eles a tempo. Vamos deixar os búfalos no antigo confinamento de bois. Já conferi e a cerca vai aguentar.

Espartacus suspira. Edgar Wilson percebe uma mancha em sua bota. Toca-a e a observa de perto. O líquido pastoso e quase seco, ao ser esfregado entre os dedos, torna-se ligeiramente viscoso. É sangue, porém não sabe como foi parar ali.

— Vamos ter que nos desfazer dos cachorros — diz Bronco Gil, entrando afoito no escritório, procurando alguma coisa, revirando tudo.

— Precisamos dos cachorros — responde Espartacus.

— Os búfalos odeiam cachorros. São barulhentos — retruca Bronco Gil.

Ele para por um instante e encara os dois:

— Esqueçam tudo o que sabem sobre boi, vaca, porcos. Búfalos são diferentes. Odeiam cachorros, barulho e, principalmente, detestam ser pastoreados — Bronco Gil acena com a cabeça para Edgar antes de sair.

— Definitivamente, o reino dos céus não é para os búfalos — descontrai Edgar Wilson, levantando-se e vestindo o boné. — A sua benção, padre — fala debochado para Tomás, que permanece sentado numa poltrona, em silêncio, enquanto lê a Bíblia. Edgar sai.

Antes de ir ajudar a cavar e fincar os mourões no solo, Tomás entra na sua pequena capela, cercada pelos mortos. Permanece sozinho e em silêncio. Gostaria de pregar novamente, celebrar uma missa, um culto, falar para os vivos sobre o reino dos céus, sobre sacrifícios e abdicações. Enquanto isso, celebra para os mortos, que o observam com seus crânios sem olhos, com os ossos das órbitas que lembram um abismo onde não há esperança.

O som que ecoa dentro da capela, passo após passo, para quando Mendonça se senta perto de Tomás. Ele está visivelmente cansado e se sente entediado.

— Estou atrapalhando?
— Não — responde Tomás.
— Precisava de um lugar silencioso.
— Algum problema? — Tomás fala mansamente.

Mendonça suspira.

— Alguns. Hoje voltamos com as atrações. Huracán vai fazer falta.
— Vi alguns ônibus de excursão parados aí na frente — comenta Tomás.
— É... Teremos a casa cheia. Sempre temos — fala Mendonça.
— Vi duas atrações anunciadas: Azalea e Boris.
— Azalea pode ver qualquer coisa. É minha filha. A vidência começou um pouco antes da epidemia. Ela estava tomando banho quando ouvimos um barulho de queda e um grito. Ela tinha perdido o controle das pernas. Os médicos fizeram vários exames e nunca entenderam o que era. Azalea dormia a maior parte do tempo, até que acordou. Agora, quase nunca dorme. Ela não voltou mais a andar e começou a falar como se fosse outra pessoa. Fazia premonições e disse que viria uma epidemia e que o circo seria muito afetado, que era pra gente se organizar para sobreviver aos dias ruins.

Mendonça para de falar por alguns instantes e, em silêncio, remói alguns pensamentos.

— Ela estava certa... sobre tudo. Não sei quem está ali, mas acho que não é mais minha filha. As pessoas vêm pra ver ela se apresentar. Ela é a atração. Antes da entrada dela, a gente conta piadas, faz umas acrobacias e tenta faturar com a venda de cachorro-quente e pipoca. Ela só se apresenta depois do intervalo.

Tomás escuta tudo com certo pesar no coração.

— Por que está me contando isso?

— Porque você é um padre.

— É uma confissão?

Mendonça faz que sim com a cabeça.

— E o Boris? Que tipo de atração ele é?

Mendonça olha para os crânios pregados nas paredes. Hesita em falar de Boris.

— O que mais quer confessar, senhor Mendonça? — insiste Tomás.

Ele olha para Tomás e entreabre os lábios, mas pigarreia no intuito de retomar a firmeza de seus atos e se manter em silêncio.

— Obrigado por me ouvir, padre — conclui Mendonça, levantando-se e deixando Tomás sozinho com os mortos num eco de nostalgia e desconfiança.

A distância entre os mourões precisa ser maior para que a quantidade entregue feche todo o cerco. Edgar Wilson prepara o solo para a instalação dos pilares de madeira. O solo não pode ser macio, do contrário os mourões apodrecem em pouco tempo e se desprendem. O solo do matadouro é árido e compactado. Por isso uma base de cascalho é o bastante para firmar e sustentar os pilares de madeira de eucalipto.

Tomás cava as aberturas com sessenta centímetros de profundidade e quinze centímetros de largura. Bronco Gil sela a base das toras com impermeabilizante para que não apodreçam. Enfia os mourões nos buracos. O trabalho dos três homens em uma linha contínua que dá volta no trecho do terreno determinado para o confinamento dos búfalos segue marcado pelo avanço dos ponteiros do relógio.

— O ajudante não apareceu — comenta Bronco Gil.

— É difícil encontrar mão de obra. Ninguém quer trabalhar, mas depois vem pedir restos de comida, de carcaça... Filhos da puta preguiçosos — reclama Edgar Wilson.

Bronco e Tomás concordam em silêncio. Em geral, é difícil encontrar alguém que se disponha a fazer o trabalho sujo e pesado. Mas esse é todo o trabalho que resta por essas bandas, onde a miséria e a inaptidão se multiplicam simultaneamente.

— Vai na apresentação, Edgar? — pergunta Tomás.

— Não — ele responde secamente.

— Vocês deveriam ir — diz Bronco Gil.

Edgar Wilson para por um instante. Bebe quase um litro de água. Despeja na cabeça e repara na entrada do matadouro, nos três caminhões que trazem os búfalos espremidos na caçamba em forma de gaiola.

— Eles estão aqui — aponta Edgar Wilson.

Os outros dois giram o corpo sutilmente para olhar por cima dos ombros.

— Amanhã fazemos a inspeção geral na carga. Já deixei água e comida no curral. Precisam se acalmar — continua Edgar.

Voltam ao trabalho enquanto a luz do dia é favorável para a instalação da cerca.

— Alguma novidade sobre a morte de Huracán? — pergunta Bronco Gil.

— Ninguém se importa — diz Tomás.

— Ao menos está enterrado — conclui Edgar Wilson.

Ele percebe a movimentação à distância, em frente à entrada do circo.

— É sempre cheio, Bronco? — quer saber Edgar.

— Sempre. Mas não se apresentam todos os dias. Azalea não aguenta — responde.

— Quem é Azalea?

— Ela salvou minha vida. É a criatura mais extraordinária que já vi — conclui Bronco Gil.

— O que ela faz?

— Ela sabe tudo. Conhece os caminhos. Conversa com a morte — responde Bronco Gil ao enfiar um mourão no buraco.

— Uma vidente — fala Tomás enfaticamente.

— Ela é quem escolhe pra quem vai falar. Quando ela te toca, você também vê. As revelações se manifestam — diz Bronco.

— A favor dos vivos, consultam os que falam com os mortos — resmunga Tomás.

Bronco Gil olha para ele com reprovação.

— A menina está aprisionada por algum espírito. Ela sofre — diz Tomás com pesar.

— O que ela faz é bem mais do que isso. Você deveria ir ao show, padre. Conhecer o Boris — instiga Bronco Gil.

Edgar Wilson olha para a direita e os mugidos e resfolegares dos búfalos recém-chegados ecoam no campo aberto. À esquerda, uma espremida multidão suada e eufórica ecoa rumores de agonia. Búfalos e homens. Todos seguem para a morte. A mesma angústia, o mesmo espectro das próprias trevas.

— Quem é Boris? — quer saber Edgar Wilson.

Bronco Gil ri para si mesmo enquanto continua trabalhando. Edgar Wilson volta a olhar na direção do circo e pergunta novamente:

— Quem é Boris?

— Você precisa ver com seus próprios olhos — Bronco Gil pigarreia e cospe no chão. — Se eu falar, você não vai acreditar.

O atrito das botas contra o chão desperta a atenção dos homens. O corpo volumoso de Rosario forma uma sombra robusta sobre Tomás, que deixa a cavadeira de lado por um instante.

— Essa distância é segura? — pergunta a mulher olhando para os mourões.

— Acho que sim — responde Tomás.

Rosario olha para Edgar Wilson, pois confia somente nele.

— Vai dar conta, dona Rosario. Ainda vamos passar uma tela aramada que chega amanhã.

Rosario suspira antes de pitar seu cachimbo abastecido com tabaco de flor de hibisco e folhas de amora. Ela olha na direção do circo. Pensativa. Na outra mão, carrega um copo de vidro grande com vermute e pedras de gelo. Movimenta-o em círculos, porque lhe agrada o som das pedras tocando umas às outras, chocando-se contra o vidro. Ela bebe um gole pequeno e estala a língua quando sente a picância da artemísia preencher toda a boca.

— Parece que está tudo bem com os búfalos. Preciso que você cuide disso, Edgar. Faça a inspeção. Amanhã cedo vem um pessoal ajustar o maquinário da área de atordoamento e corte e trocar os ganchos de suspensão.

Edgar Wilson faz um breve gesto com a cabeça em concordância. Pega a garrafa de água e despeja um pouco na boca de Rura, que permanece deitado próximo a ele, numa meia-sombra, preguiçoso.

Rosario se sente satisfeita e, antes de sair, diz:

— É bom ter um pouco de vida neste lugar... Ainda que não por muito tempo.

Ela se vira e caminha devagar, tentando se equilibrar sobre as pernas inchadas e os quadris desalinhados. O silêncio recai sobre os homens que aceleram o trabalho ao passo que a luz do dia se esvanece. Tomás para um instante e olha para Bronco Gil.

— Afinal, quem é Boris? — diz irritado.

— Vá e veja — responde Bronco Gil sem dar muita importância.

Edgar Wilson e Tomás se entreolham. Talvez seja melhor ir ao show do Circo das Revelações e saber o que acontece ali dentro.

Os grilos noturnos que infestam a região estridulam nas noites de estio. Só os machos cantam. Acompanhado de Rura, Edgar Wilson encosta o corpo cansado contra uma árvore e, sentado sob suas copas, acende um cigarro. Assim que terminar de fumar, vai até o curral onde estão os búfalos. A noite no vale dos ruminantes é sempre mais escura, o calor é intenso e as sombras mais elevadas. A lua alta no céu é cheia e vigorosa. Mesmo sem luz própria, a lua filtra os raios do sol para se tornar imponente à noite. Edgar Wilson gosta dos dias de inverno. Detesta o calor e o azedume dos cheiros que exalam dos corpos que trabalham debaixo do sol.

Edgar prefere as horas mortas dos dias frios, a paisagem desterrada que reflete em seus olhos cinzentos. Costumava sentar-se debaixo desta mesma árvore anos atrás. Sente-se confortável com o silêncio do vale, com os mugidos dos ruminantes e com o controle do confinamento. Ainda não foi ao lago, que fica na parte baixa do matadouro. Pretende cultivar alguns peixes para consumo próprio. Estava cansado das estradas, dos animais mortos apodrecendo no asfalto, do trabalho ininterrupto do moedor e das explosões na pedreira. Daqui, não é possível ser atingido pelos resíduos que se lançam no ar, nem afetado pela fumaça de calcário que destrói os pulmões.

Edgar Wilson gosta da profissão de abatedor. Magarefe, assim é chamado quem abate e carneia os animais sacrificados. Quando se põe diante do animal e pede por sua alma, Edgar Wilson sabe que executa sua tarefa, que é dar fim à vida e não estar diante da morte desfigurada e vexaminosa. Ao suspender a marreta para acertar o animal ou disparar a pistola pneumática entre seus olhos, ele sabe que está no controle da morte e não um passo atrás dela.

Pisa no que resta do cigarro e caminha em direção ao curral escuro. Permanece do lado de fora da cerca e toca um búfalo, acariciando-lhe a cabeça enorme, com seus chifres imponentes. O animal é dócil. Edgar Wilson nunca cuidou de búfalos, mas percebe que, apesar da violenta robustez do corpo e dos olhos negros e grandes em que pode assistir ao abismo, são animais especiais.

Observa por alguns instantes os olhos do búfalo, como bem fazia com os bovinos, e dá um passo para trás, contendo o susto para não afastar o animal. É o reflexo. Não é o seu, mas outra coisa. A pouca iluminação que vem de um poste de luz do matadouro permite a Edgar ver uma sombra, um reflexo atrás de si. Espia por sobre os ombros e não há ninguém.

Mira novamente os olhos do búfalo e lá está, uma imagem borrada que não condiz com o que está concretizado à sua volta. Algo que se move devagar, que está ali, perto de Edgar e ele não pode ver. Que o espreita e o espanta, que lhe traz horror e admiração. Imagina ser a morte carregada nos olhos do búfalo, revelando para Edgar que, assim como o fogo segue seus passos, a morte também.

4.

Bronco Gil se espreguiça enquanto bebe uma caneca de café fresco. Sente o calor das primeiras horas do sol tocar o seu rosto. Os búfalos já estão despertos aguardando a checagem. Os homens contratados por Rosario para os reparos na área de atordoamento já estão trabalhando. Espanta uma mosca que voeja próxima da órbita oca de seu olho. A cavidade possui uma carne levemente esponjosa e de coloração mais escura. De onde está, observa com seu olho bom Edgar Wilson parado à beira do lago, sozinho. Caminha em direção ao lago, sentindo-se pesado e com o fígado levemente azedo. O café em jejum parece não ajudar, mas Bronco Gil também parece não se importar.

Sem olhar para Bronco, mas identificando-o somente pela presença, Edgar diz:

— Tem uns peixes aqui. Vou trazer mais.

Bronco Gil se inclina à beira do lago e observa algumas tilápias nadando. Enfia a mão na água e espera por alguns segundos. Suspende um peixe que se debate. Deposita-o no chão, e numa rápida pisada com a sola da bota ele se aquieta.

— Vai ser bom ter peixe pro almoço — comenta Bronco.

— Como você faz isso?

— Um dia te conto.

— Cadê teu olho, Bronco?

— Perdi. Fiquei mais bêbado do que um filho da puta ontem à noite.

— Achei que ia pro circo.

— Não. Nem precisam mais de mim. Sem contar que já vi o show várias vezes.

Do outro lado do lago, um homem pequenininho surge em passos vagarosos carregando um banquinho, uma vara de pesca e um cesto. Acena para Bronco e Edgar, que o cumprimentam de volta. Ele se acomoda com seu banquinho e, paciente, com a vara em riste, inicia a pescaria.

— Acho que ele não deveria estar aqui — fala Edgar em voz baixa.

— Precisamos levantar logo essa cerca — conclui Bronco.

— O que ele faz no circo?

— De tudo um pouco.

— Nunca vi um anão — comenta Edgar Wilson admirado. — Qual o nome dele?

— Tiquinho — responde Bronco Gil, dando as costas para Edgar e voltando para o alojamento do matadouro com seu peixe morto e fresco nas mãos.

Edgar Wilson dá meia-volta no lago até chegar em Tiquinho.

— Eu espero não ter nenhum problema, senhor… — diz Tiquinho com sua voz fanha e ruidosa.

— Me chamo Edgar Wilson — fala estendendo a mão para cumprimentá-lo.

— Foi o senhor quem encontrou o Huracán, não foi?

— Não me chame de senhor. Sim, fui eu.

— Ele era meu parceiro de show. Eu era o escada.

— O que é isso?

— Ele era a estrela e eu o coadjuvante. Eu dava a deixa pra piada, entende?

Edgar Wilson fica pensativo. Tiquinho sente que uma das tilápias mordeu a isca. Puxa a linha com cuidado e põe o peixe no cesto. Enfia uma nova isca no anzol e o lança novamente às águas.

— Esse lago é particular — fala Edgar Wilson.

— Eu imaginei. Mas são só uns peixinhos...

Edgar Wilson dá de ombros. Permanece observando Tiquinho. As mãos pequenas e as pernas arqueadas são tocantes. Ao mesmo tempo que a estatura lhe é desfavorável, Tiquinho é regido por uma serenidade raramente vista.

— Desconfia de quem matou seu parceiro? — pergunta Edgar Wilson.

— Difícil saber. Mas a Azalea já tinha avisado que ele ia morrer atingido na cabeça.

Edgar Wilson acende o primeiro cigarro da manhã. Traga em silêncio e sem pressa.

— Ela não sabe quem foi? Não é uma vidente?

— Se sabe, não quer falar. Ela só fala o que quer — Tiquinho dá de ombros.

Edgar Wilson o observa pegar mais uma tilápia e jogá-la no cesto.

— Por hoje, tudo bem. Mas não volte a pescar neste lago. Nem avance pro lado de cá do terreno.

Tiquinho arqueia as sobrancelhas e balança a cabeça em concordância.

— O que vão criar aqui?

— Búfalos.

— Ah... senti o cheiro.

— Sim, eles fedem.

— Sei como é. Eu limpava muita merda no circo, mas a gente não tem mais tanto bicho.

— Quem é Boris? — quer saber Edgar Wilson.

— Um galo.

Edgar Wilson estranha a resposta e fica confuso.

— O que ele faz?

— Aí você precisa pagar o ingresso e descobrir — Tiquinho responde com uma risada.

Edgar Wilson permanece sério e tentando entender o que pode haver de tão atrativo num galo.

— As pessoas vêm de longe só pra ver esse galo?

— De toda parte.

Edgar Wilson, sem mais perguntas, afasta-se devagar de Tiquinho, que continua empenhado em pescar o almoço, sob aviso de não mais voltar ao lago. Enquanto se dirige para o curral para iniciar os cuidados com os búfalos, olha mais uma vez para trás e se admira com o formato roliço e diminuto do homem. Achava até mesmo que eles não existiam. Mas parece que sim, ao menos um.

O antigo curral que abrigava bois e vacas agora serve para abrigar as poucas dezenas de búfalos trazidas pelo irmão de Espartacus. Em uma desavença familiar, o irmão ficou com uma casa e Espartacus aceitou os búfalos como parte da herança da qual abriu mão. Pouco se falam, de acordo com ele, e com a morte dos pais o pouco deixado precisou ser dividido entre cinco irmãos.

Edgar Wilson entra no curral. Os três búfalos do pântano estão numa parte mais perto da cerca, onde se encontra uma poça de água proveniente da chuva dos últimos dias. Existe uma divisória entre eles e os outros búfalos, que já estão habituados com manejo e supervisão. Eles se mantêm distantes e são observadores. Espiam com atenção a movimentação dos outros búfalos, todos machos, já que as fêmeas não são usadas no corte.

Edgar sente uma leve preocupação com tantos machos reunidos. Pensa que o abate deve começar quanto antes para que os búfalos não matem uns aos outros. Tomás entra no curral. Tem a mesma preocupação.

— Quero começar o abate até amanhã — diz Edgar Wilson.

— Já fez a inspeção?

— Hoje bem cedo. Precisamos reforçar aquela cerca — aponta Edgar Wilson.

— Bronco deveria ter cuidado disso.

— Ele não tá bem. Perdeu até o olho.

Tomás retira do bolso da calça o olho de vidro de Bronco com algumas ranhuras.

— Achei caído na cozinha.

Edgar Wilson dá de ombros.

— Me ajuda a firmar mais a cerca. Acho que até amanhã ela aguenta.

Bronco Gil entra no curral.

— Vou levar esses pro banho — diz Bronco, conduzindo os búfalos já manejados para o corredor do banho de inspeção.

Edgar Wilson olha para o bolso de Tomás e sinaliza com a cabeça. Tomás sorri e decide deixar Bronco Gil sem o olho de vidro por mais algum tempo. Sem o olho, Bronco colou um adesivo no buraco para evitar a contaminação por moscas. Tomás ajuda Edgar a firmar a cerca com os três búfalos selvagens, que se irritam com a proximidade deles e resfolegam agressivamente. Um deles se levanta da poça de lama e olha fixamente para Edgar Wilson. Parece reconhecê-lo. Sente-se confortável em sua presença. Tomás se aproxima e o animal recua, irritado.

— Tião paga bem por um búfalo — diz Edgar Wilson.
— Esse é bonito. Acha que o Bronco me venderia ele?
— Acho que sim. Afinal, ele encontrou esses no mato — diz Tomás, preparando um pouco de cimento num balde para calçar a cerca.

Edgar Wilson permanece alguns instantes observando o búfalo, que possui um olho esbranquiçado e parte da cara desbotada, num misto de branco e marrom-claro, contrastando com todo o resto, que é negro. Provavelmente, este olho é cego. Assim como Bronco Gil, um brutamontes selvagem que sobrevive com fúria todos os dias... Um búfalo negro parcialmente albino na região frontal da cara e cego de um olho. Este Edgar Wilson vai salvar de ser comido, de ser devorado num churrasco entre amigos ou fatiado em cortes nobres e vendido em embalagens delicadas com selo de certificação. Imagina como fará para matá-lo sem deixar marcas evidentes, sem dilacerar a pele ou danificar a carcaça. Tião é bastante exigente com a qualidade dos animais mortos que chegam até ele. Os olhos, Edgar Wilson já pode imaginar, um preto e outro branco.

Matar um animal para empalhamento é crime. Disso, Edgar Wilson sabe muito bem. Por isso empalhar um búfalo é tão complexo, porque quase não são encontrados mortos na natureza. Legalmente, não é permitido executar o búfalo para vendê-lo ao taxidermista, mas por essas bandas ninguém se importa com búfalos ou bufões. Seja um bubalino ou um palhaço assassinado. Carnes para a terra devorar indiscriminadamente. Não há súplica, nem outro tipo de manifestação. Selvagem é a morte.

Edgar Wilson é um caçador, assim como Bronco Gil. Ambos possuem o hábito de espreitar em silêncio, têm a audição apurada e farejam qualquer coisa a poucos quilômetros de distância. Edgar Wilson tem predileção por caçar javalis, porém são raros nesta região. Assim como os porcos, Edgar tem afeição por essas criaturas arredias. Javalis velhos são solitários. Vagam quietos em busca da sobrevivência. São animais assustadores e silenciosos. São caçadores e conseguem sobreviver e se multiplicar rapidamente em regiões distantes de seu continente de origem. Acanhados e violentos, suas presas produzem lanhos tão profundos na carne que deixam o osso à mostra. Quando atacam, em raros relatos, laceram o abdômen e evisceram a vítima.

O caçador ético nunca abate além dos limites permitidos. É preciso manter a distância necessária do alvo para que este tenha a chance de escapar. Javalis são astutos. Não devem ser caçados à força ou à revelia. Eles sabem que estão sendo perseguidos e sabem ser rápidos e violentos o bastante para sobreviver. Se percebem o caçador espreitando-os, começam a caçá-lo instintivamente.

Assim como esses homens de fé e sangue, que abatem para sobreviver, que caçam para conquistar. Os búfalos são ainda mais temíveis e truculentos. Uma força medida na robustez de sua breve existência.

Espartacus conversa com Rosario embaixo de uma árvore que projeta uma sombra rala por entre as folhagens escassas. Edgar Wilson, depois de terminado o reforço das cercas com a ajuda de Tomás, avança para concluir a instalação dos mourões, dessa vez sem Bronco Gil na linha de produção. Espartacus se despede de Rosario e entra no curral para ajudar na instalação, abrindo as covas para serem calcificadas por Tomás.

— Amanhã vocês podem começar a abater os búfalos. Rosario já conseguiu uma encomenda de um frigorífico — diz Espartacus enquanto trabalha.

— É aquele que fica depois do rio das Moscas? Perto da pedreira? — questiona Edgar Wilson.

— Esse mesmo — responde Espartacus.

— Conheço o lugar. Achei que tivessem fechado.

Espartacus pigarreia. Olha na direção do lago que está alguns metros afastados de onde estão.

— Tive a impressão de ver um anão pescando no lago hoje mais cedo.

— Não foi impressão — responde Edgar Wilson.

— A porra de um anão. Não quero essa gente do circo aqui, entendeu, Edgar?

— Já cuidei disso.

Espartacus olha na direção do circo, no topo da tenda.

— Nunca entendi essa vida. Cambada de vagabundos — comenta.

— Não se preocupe. Eles nunca ficam por muito tempo — apazigua Tomás.

— Espero que não. Odeio circo — conclui Espartacus, cavando mais um buraco com a cavadeira articulada e jogando a terra para o lado. Rura resmunga quando é atingido e sacode o corpo com força e irritação. Levanta-se de seu lugar e sai do curral, indo se acomodar numa sombra estreita.

Edgar Wilson verifica o alinhamento dos mourões demarcados por uma linha que passou por todo o trecho onde devem ser instalados. Alinhados corretamente, uma estaca se sobrepõe a outra, e assim a primeira esconde as demais. Edgar suspira ao conferir que as dezenas de mourões instalados estão perfeitamente alinhadas. Toca o primeiro. A firmeza do solo bem compactado garantirá o sustento das vigas contra as possíveis investidas dos búfalos e das tempestades.

Suspende os olhos na altura do horizonte e encontra um rolo de arame no ponto onde devem levantar a cerca delimitadora para evitar que o circo invada o matadouro e que o matadouro acabe com o circo. Edgar Wilson se pergunta se existe algum leão no circo. Imagina que, além do galo, eles podem ter algum animal de porte grande. Não sabe o que guardam dentro da tenda e dos trailers.

Bronco Gil começa a instalar a cerca delimitadora enquanto fuma um cigarro recém-enrolado. A força bruta de Bronco Gil faz com que se assemelhe a um búfalo, e seus movimentos bruscos, a um selvagem. Edgar Wilson volta a atenção ao próprio trabalho enquanto reflete profundamente sobre o fato de um galo e uma garota esquisita serem motivo para ônibus de excursão que se deslocam de toda parte fazerem fila na entrada do circo. Os viajantes se acomodam em pequenas barracas improvisadas e cozinham em pequenos fogaréus.

    Na hora mais morta do dia, a movimentação para o espetáculo começa. Hoje à noite será de calor intenso e o circo abrirá as portas para os viajantes famintos pelas revelações. Depois de sermos quase engolidos por um cataclismo, somos movidos por um instinto de autopreservação saturado. Ainda estamos no fim, apesar de muitos acreditarem que este passou. O fim é permanente, assim como a morte e a vida. Assim como uma roda que gira ladeira abaixo, assim como bolas de feno empurradas pelo vento, que indicam o caminho para a tempestade que sobrevirá.

5.

O cheiro do fumo de Rosario se espalha pelo matadouro. A mistura de flor de hibisco e folhas de amora, acentuada por um ardor desconhecido, indica sua proximidade. Quando o sol se põe, ela acende um novo cachimbo e serve para si uma nova dose gelada do vermute. No horizonte, os resquícios do que foi o dia: quente e iluminado. O crepúsculo incandescente que reverbera como lavas vulcânicas no limite entre terra e mar dilui a intensidade das horas sob o sol e aplaca a ansiedade do dia.

As cigarras, pousadas nos extremos do terreno, cantam incessantemente. Os búfalos já estão limpos para a morte. A área de atordoamento está funcionando. As cercas, firmes, foram finalizadas. Todos os bubalinos estão confinados em segurança. Todos os homens também.

Sentada em sua cadeira de palha debaixo de uma árvore, Rosario acena para Edgar Wilson, que terminou seu dia de trabalho e acende o primeiro cigarro do despertar da noite. Sente-se limpo e revigorado. Enquanto segue na direção dela, observa os búfalos. Suspira ao imaginar que voltará a matar. Gosta de ser abatedor. Detesta ser chamado de magarefe. Como um homem de sangue, estar diante de um coração selvagem e pulsante é estar diante do ponto alto da vida. O calor que emana do gado na hora da morte, a pulsação dos batimentos acelerados empurrando o sangue pelas veias, quase provocando um infarto, lhe causa um prazer imenso.

Matar, dentro dos termos legais ou não, é o que sempre moveu Edgar. Talvez por isso a morte ronde seus passos, porque estar perto dele é estar perto das coisas finais. Matar para comer ou para extirpar algum mal não lhe pesa na alma ou consciência. Seu entendimento é raro e obscuro, assim como seus caminhos; e invisíveis são suas intenções, assim como o vento que assola sem se revelar.

Edgar Wilson se acomoda num toco de árvore e se apoia no tronco para descansar as costas. Rosario serve para ele um copo com vermute e pedras de gelo. Ele aceita e toma devagar.

— Amanhã começamos... Mal posso esperar — diz Rosario, com satisfação nos olhos.

— Eu também — responde Edgar depois de beber mais um pequeno gole do vermute. — Seu Milo ia ficar satisfeito.

Rosario não responde. Olha para o horizonte ao pitar o cachimbo. Solta a fumaça devagar e assim, envolta nessa névoa ardida e perfumada, sente-se mais viva.

— Você sabe que só confio em você, Edgar Wilson...
— começa Rosario.

Edgar olha brevemente para a mulher, mas não deixa escapar nenhuma reação.

— O padre, acho que é um bom homem, mas bastante perturbado. Bronco... não sei o que aconteceu com ele. Apesar de parecer mais forte, está com a alma abatida.

— Foi a epidemia. Fomos todos atingidos.

Rosario olha firme para ele.

— Parece que você não.

Edgar Wilson baixa os olhos e toma mais um gole do vermute. Suspende o olhar e encara a mulher.

— Estou aqui, não estou?

Ela entende o que Edgar quer dizer.

— A epidemia despertou sua fome por matar — ela conclui.

— Pode-se dizer que sim — responde Edgar, mirando os búfalos no curral.

— Amanhã, quando abater o primeiro deles, retire os chifres pra mim — diz Rosario, antes de beber um longo gole de seu cinzano rosso.

Edgar faz que sim com a cabeça. A movimentação das pessoas na porta do circo aumenta conforme a noite avança. As portas serão abertas em breve e os ingressos vendidos.

— Já assistiu ao show? — pergunta Rosario.

Edgar faz que não com a cabeça.

— O que tem esse tal de Boris, o galo? — pergunta Edgar.

Rosario solta uma risada rouca seguida de uma tosse insistente.

— O galo... — ela murmura antes de cair em silêncio por alguns segundos. — Você deveria ir ver com seus próprios olhos. É a coisa mais absurda do mundo.

Edgar Wilson está convencido de que precisa ir ao espetáculo desta noite. Há qualquer coisa de absurdo que precisa vislumbrar por si próprio.

— Pra que os chifres? — quer saber Edgar.

— Proteção. Vou fazer um amuleto — responde Rosario, sem cerimônia.

— Pra se proteger do quê?

— Do mal, Edgar. Eu me sento aqui todo fim de tarde e fico olhando pra esse horizonte, pra essas terras. Dá pra sentir. Antes do Milo morrer, dias antes, ele disse que podia ouvir uma voz vindo do chão da nossa casa. Achei que ele estivesse delirando, já andava mal fazia tempos, mas ele insistia. Andava por toda a casa e lá estava a voz. Até que eu também comecei a ouvir — Rosario para de falar e pita.

— O que a senhora ouviu?

— Melhor não dizer, mas acho bom me proteger.

Edgar Wilson olha para o curral e um dos búfalos olha para eles, como se participasse da conversa, como se pudesse escutar seus batimentos e suas respirações. Edgar Wilson deixa Rosario sozinha ao acenar um boa-noite e se levantar. Caminha na direção do curral. Olha o búfalo de frente e toca em sua fronte. Na escuridão dos olhos, o reflexo atrás de si. Edgar olha fixamente para o reflexo em forma de borrão que se aproxima aos poucos. Desvia o olhar e mira sobre os ombros o que está atrás de si — não há ninguém.

Rosario já se levantou da cadeira e caminha em direção à sua casa, que fica próxima do matadouro. Edgar Wilson está sozinho com os búfalos. Mira novamente os olhos do animal. Existe algo que se reflete ali dentro, que permeia o matadouro, que se move nas sombras. Seja lá o que for, somente os búfalos podem ver. Seja lá o que for, não parece ser amistoso. Afasta-se alguns passos e deixa o lugar em direção ao circo. Com a cerca delimitadora devidamente instalada, precisa dar a volta e sair do matadouro para entrar no circo pelo portal principal. E é isso o que ele faz enquanto pensa no que pode haver de tão extraordinário num mísero galo.

O cheiro da bosta dos cavalos se mistura ao perfume intenso do algodão-doce que é vendido numa das barraquinhas enfileiradas na parede lateral da entrada do circo. Edgar Wilson usa o convite de cortesia que ganhou de Mendonça e, com o valor do ingresso, compra duas cervejas geladas. Caminha sozinho e observa o local cheio de risadas, barulhos excessivos e burburinhos de todos os tons.

Afasta-se um pouco da multidão que se forma na entrada da tenda e segue na direção dos trailers. Cavalos. O circo possui alguns deles. Edgar Wilson se aproxima de um curral improvisado e toca a fronte de um deles. O animal abaixa a cabeça e resfolega. O cavalo usa uma espécie de colete com franjas nas pontas e um adorno entre as orelhas atravessando toda a testa. Edgar se admira com a beleza do animal, com o brilho da pelagem e a força dos músculos.

— Esse é o meu favorito — a voz fanha de Tiquinho soa atrás de Edgar Wilson, que se vira para olhar para baixo.

Tiquinho sorri.

— Que bom que veio ao espetáculo — ele sorri amistoso.

Edgar Wilson não sabe o que responder e dá de ombros em seguida.

— Até quando vocês vão ficar aqui? — pergunta.

— Não sei direito. Só o Mendonça sabe... Ele é o dono do circo.

Edgar Wilson observa os outros cavalos, todos adornados. Dá meia-volta sobre os calcanhares e desliza até um corredor formado por trailers.

— Acho melhor você ir. O show já vai começar — diz Tiquinho.

Edgar Wilson para ao ouvi-lo. Suspira e solta a fumaça reservada em seus pulmões. Mendonça abre a porta de seu trailer e, ao ver Edgar Wilson, chama-o para dentro.

Mendonça toma uma dose de uma aguardente sem rótulo. Deixa o copo vazio sobre a mesa e se espreme ao se sentar em uma cadeira de costas para o crucifixo de neon pregado na parede. Mendonça abre o colarinho clerical e indica uma poltrona surrada para Edgar Wilson, que se acomoda devagar.

— Foi bom topar com você aqui — começa Mendonça. — Sei que você encontrou o Huracán morto na estrada.

Edgar Wilson se mantém quieto e bebe vez ou outra sua segunda cerveja. Observa a Bíblia sobre a mesa, o crucifixo e o colarinho encardido. O que mais o incomoda continua sendo o quadro com Jesus Cristo que pisca um dos olhos conforme o movimento de quem observa.

Assim, Edgar Wilson espera sem reação o relato de Mendonça, que durante todo o tempo busca alguma resposta no seu semblante, qualquer coisa que mostre a ele que o homem está mesmo ali, ouvindo sua história.

— Hoje a polícia veio aqui. Queriam falar comigo — continua Mendonça, coçando a barba por fazer. Decide servir para si mais uma pequena dose da aguardente. Bebe num trago. Seca o canto da boca e volta a falar.

— Parece que alguém viu o que aconteceu — enquanto fala, Mendonça continua aguardando a reação de Edgar Wilson. — Depois de tantos dias. Acho que tem alguém querendo me chantagear.

— O que disseram? — pergunta, enfim, Edgar Wilson.

— Que essa testemunha viu alguém aqui do circo matar o Huracán.

Edgar se cala novamente. Pensa ao terminar de beber toda a sua cerveja.

— Por que o senhor me chamou aqui? — quer saber Edgar.

— O Huracán não era nenhum santo, é bom que se diga isso. Aqui no circo eu tenho que lidar com muita coisa. Preciso preservar essas pessoas. Elas dependem de mim. Faço muitos sacrifícios. Todos os dias.

Edgar Wilson entende de sacrifícios, mas não entende aonde Mendonça quer chegar.

— Por que o senhor me chamou aqui? — Edgar Wilson insiste, sem pressioná-lo.

— Queria que você descobrisse pra mim quem é essa testemunha. Se existe mesmo uma... — diz Mendonça.

— O senhor sabe quem matou Huracán?

Mendonça se cala por instantes e pensa por alguns segundos.

— Eu disse que ia matar ele. Todo mundo aqui me ouviu falar isso. Huracán me acusou de abuso. Disse que eu maltrato minha filha, que exploro todo mundo aqui no circo. Que ele ia tirar a Azalea de mim — Mendonça respira fundo e se acomoda mais pesado na cadeira, relaxando os ombros e baixando os braços.

— Ele se apaixonou pela Azalea e ela por ele. Acho que queria fugir com ela. Azalea é a alma desse circo. Você vai ver hoje. Toda essa gente aí fora veio pra ver ela. É uma menina frágil com um dom extraordinário.

— O senhor matou o Huracán? — questiona Edgar Wilson, sem alterar a voz.

— Não matei. Mas alguém matou e quer fazer parecer que fui eu.

— Sua filha não pode ajudar a descobrir?

— Ela se recusa. Quer me punir.

A campainha que indica o início do espetáculo soa ao longe. A música alta de dentro do picadeiro ecoa em cada pasto, esquina e curral da região. Edgar Wilson não sabe o que dizer.

— Por que me procurou?

— Bronco Gil disse que você poderia me ajudar... Que conhece bem essa região. Que consegue tocaiar qualquer um.

Edgar Wilson escuta com certo prazer e vaidade. É um bom caçador, mas não sabe se deve aceitar o pedido de Mendonça.

— Eu pago bem — antecipa-se Mendonça.

— Por que o Bronco não executa esse serviço?

— Ele disse que você é melhor. Bronco não anda bem.

— Desconfia de alguém? — pergunta Edgar Wilson.

— Sim.

— Você quer que eu mate ele?

— Ela. É uma mulher, a filha da puta.

Edgar Wilson escuta sem reagir.

— Essa porra toda é passional. Eu engravidei ela no ano passado, mas não quis o filho. Aproveitei uma turnê no Paraguai e paguei o aborto pra ela lá mesmo. Terminei com ela depois disso, mas ela continuou aqui no circo. Só fez isso a vida toda, desde que nasceu. O pai dela era meu sócio aqui, mas morreu enquanto praticava o número dele. Isso já faz muito tempo.

Mendonça se levanta e caminha pelo espremido trailer.

— Eu errei com ela. Mas ela matou o Huracán pra se vingar de mim. Tenho certeza disso.

— Quem é ela?

— A trapezista. Você vai ver.

— Se já sabe quem é, por que não mata você mesmo, senhor Mendonça?

— Preciso que ela confesse antes. Não quero que morra sem que eu tenha certeza. Isso não.

— Eu posso fazer ela confessar, mas é você quem vai matar — diz Edgar Wilson.

Mendonça olha sério para ele. Um tanto descrente.

— Por que não fazer o serviço todo, Edgar?

— Não costumo matar mulheres — responde Edgar Wilson, jogando fora a latinha de cerveja que esvaziou goela abaixo. — Senhor Mendonça, o senhor é um homem cristão?

Mendonça abotoa o colarinho e apoia as mãos sobre a Bíblia em sua mesa.

— Pode não parecer, mas sim. Eu sou. Isso não tem nada a ver com Deus ou com o circo... Tem a ver com minha reputação.

— Se morrer, senhor Mendonça, acha que Deus vai estar esperando por você? — questiona Edgar Wilson.

— Aonde você quer chegar?

— Pelo visto, não sabe. Espero que valha a pena esse show. Quero ver o anão e o galo.

Edgar Wilson dá uma leve piscadela para Mendonça e bate a porta frágil do trailer. Segue apressado na direção da tenda, da música e das gargalhadas. Está ansioso para ver o que ocorre do lado de dentro. A lua alta no céu está acesa e volumosa. Apesar de ser um astro sem luz própria, sabe se valer da luz do sol para iluminar as trevas, os passos em falso e as trilhas soturnas que margeiam a noite.

Ao entrar na tenda, Edgar escolhe sentar-se na parte mais vazia da arena. Tiquinho está dando algumas cambalhotas. Um mestre de cerimônias narra o que acontece no picadeiro. Homens musculosos e mulheres de collant colorido passeiam sob os holofotes. Edgar Wilson não se comove com os malabares de fogo, o globo da morte nem com o afogamento de um homem preso numa camisa de força. Gosta das luzes coloridas disparadas por todos os lados. O local está repleto de pessoas. Edgar percebe que, diferentemente das crianças, os adultos parecem apreensivos. Aguardam com ansiedade o show mais esperado. Mas, antes, a penúltima apresentação é da trapezista.

É a primeira vez que Edgar Wilson vê uma mulher equilibrar-se numa barra de ferro de aproximadamente oitenta centímetros, suspensa por duas cordas nas extremidades, afixada numa estrutura metálica no alto da tenda. São mais de dez metros de altura. Seus movimentos aéreos são suaves e ela balança de um lado para o outro, ora de cabeça para baixo, ora de pé. Flerta com a morte. Com a possibilidade da queda, do fim. Usa um par de asas douradas. Não é um anjo, mas um ser decaído. Ela possui um sorriso fixo, não importa o esforço que faça, a dor dos movimentos ou a sensação da queda. A queda. É isso que a move todo o tempo. A queda por incorrer no amor. Suas paixões a fazem ir cada vez mais baixo, para perto do chão. Se voa sobre as barras, medo já não deve sentir. É isso o que Edgar Wilson pensa enquanto a observa voar e mergulhar até perto do chão num movimento pendular, para subir novamente até o topo da tenda.

O número termina quando a trapezista pousa no solo e abre os braços para receber os aplausos. As luzes mudam para um tom crepuscular, indicando alguma coisa profunda e sombria. Mendonça entra no picadeiro. É um misto de mestre de cerimônias e pastor. Fala em tom grave e pausado sob um efeito de luz soturno e um fundo musical entoado por vozes delicadas e instrumentos de corda. A perfeita combinação de luz e sombra, grave e agudo, som e fúria traz à tona o sentimento de rendição que levaria qualquer homem a se desfazer de seus bens, suas posses e sua família para servir a algo tão manipulador.

Mendonça começa:

— Os dias de trevas na Terra tiveram seu início. As horas mais escuras assolaram a todos nós. Sabemos que é o fim, meus irmãos. Alguns se foram e muitos de nós foram deixados. Por quê? Por que fomos deixados pelo glorioso Deus? O motivo é claro como a aurora da manhã que anuncia o novo dia: precisamos melhorar. Precisamos nos converter verdadeiramente. Nos submetermos à mão pesada de

Deus, que retira o pecado e abate o pecador. Antes que o ceifador chegue para o dia decisivo, ainda temos tempo. Tempo para o arrependimento, tempo para a remissão dos pecados. Tempo de nos libertarmos da dor. Se o teu passado te condena, Deus pode te livrar do teu próprio julgamento. Se bateres na porta, ela se abrirá. Se pedires, a ti será dado.

Como diz a palavra de Deus: *Quando ouvirem falar de guerras e rumores de guerras, não fiquem inquietos. Isto tem de acontecer, mas ainda não é o fim. As nações levantar-se-ão umas contra as outras e reinos contra reinos, e haverá fomes e terremotos em muitos lugares. Isso será apenas o começo dos horrores que hão de vir.* Sejam fortes e pacientes, irmãos. Estendam as mãos e recebam!

As luzes se apagam com o fim da apresentação. Um silêncio denso recai sobre o picadeiro. Uma luz azulada se acende ao fundo e uma espécie de plataforma avança até o meio. Há uma mulher sentada em uma cadeira. As luzes lançadas sobre ela são difusas, mas permitem enxergar seu semblante concentrado e abatido.

— As azaleias florescem no inverno. Não gostam de muita água. São flores das sombras e dos dias de inverno — Mendonça conclui seu texto ensaiado.

Aquela é Azalea. Edgar Wilson percebe o temor que ronda a plateia, que se mantém em suspense, aguardando o menor movimento ou uma palavra que seja vinda dela. A jovem se mantém sentada todo o tempo. Seu olhar avança adiante, para o mar de humanos fragilizados e crédulos. O mestre de cerimônias começa a narrar uma história. A mesma que Edgar já ouviu parcialmente. Enquanto escuta, entende que aquela jovem mulher está condenada tanto quanto ele. Azalea tem o poder de enxergar o futuro, sem deixar de conhecer o passado. É capaz de traçar a linha cronológica de cada um presente sob essa lona, é capaz de ver todas as alegrias e desgraças destinadas a cada um. Além da imensa capacidade de revelação, pode restaurar a vida ou mantê-la mesmo quando já deveria ter se esgotado. Não pode curar, mas consegue afastar a morte, desvirtuar seus caminhos. Ali estão alguns moribundos em alma buscando um tipo de regeneração para seguir adiante. Aqueles para quem a vida perdeu o sentido, que se movem sonolentos por caminhos indiferentes.

Azalea aponta para um homem na plateia. Ele é levado até o palco por Mendonça. O homem está abatido. Cai de joelhos diante dela, que toca sua fronte, fazendo o sinal da cruz com o dedo sujo de cal. Ele chora. Ela balbucia algumas palavras. Faz sinal para que o homem se levante. Ele se afasta devagar, agradecido. Azalea aponta para outras pessoas na plateia, e a cada uma ela revela o futuro, ponderando algo do passado. As revelações ocorrem numa conexão acelerada das sinapses neurais, subvertendo qualquer pensamento em sensações de dor e prazer. Ela parece falar por outras vozes, compartilha o que recebe de várias direções. Atravessada pelo sobrenatural, Azalea se reparte em vários pedaços e se espalha por todos os lados.

Quando se sente esgotada, faz um sinal com a mão avisando que precisa parar um pouco. Tiquinho entra carregando uma gaiola coberta por um pano e deixa a gaiola no centro do picadeiro, diante de Azalea. Mendonça anuncia que Azalea pode vencer a morte, confrontá-la de diversas maneiras, e Boris é a prova.

Retira de cima da gaiola o pano que a cobre e a abre. Boris, o galo, sai caminhando em curtos passos titubeantes. Degolado, sua cabeça fora arrancada meses atrás, durante um abate, porém ele ainda se mantém vivo. Todos os olhares se voltam para a pequena aberração que é Boris. Edgar Wilson finalmente é atingido pelo show. Boris, o galo degolado, caminha por todo o picadeiro. Sua cabeça está dentro de um frasco de vidro com um líquido transparente. Mendonça faz questão de mostrá-la.

O galo corre por todo lado, desviando de pequenos obstáculos. Seu corpo se move sem que o cérebro diminuto faça a menor diferença. Seus cuidadores o alimentam com um conta-gotas e limpam a secreção de sua traqueia por meio de uma seringa. O que o mantém vivo, de acordo com os funcionários do circo, é Azalea. Boris se assemelha a um autômato, mas é composto de vísceras, sangue e pele.

Azalea é levada ao passado para desvendar o futuro. De alguma forma, aquela pequena criatura vive sem fundamentos ou explicações. Essa deve ser a revelação do espetáculo, pensa Edgar Wilson. O Circo das Revelações é um amontoado de heresias e tristezas infinitas. A desolação que assolou a Terra um ano atrás provocou um apocalipse íntimo e individual. Resistimos ao fim, assim como Boris, que, perdido e sem direção, vaga pelas extremidades de um picadeiro delimitado pelos olhares fascinados. O que mantém seu sangue vivo e o coração batendo? É o mesmo sopro que paira sobre tudo o que há debaixo do sol. Das coisas estranhas que presenciou nos últimos tempos, isso é o que mais o comove. Gostaria de acabar com Boris. Enterrá-lo em algum lugar do matadouro e dar o descanso que ainda não teve.

Edgar Wilson se levanta e devagar procura a saída. Azalea o vê e observa por alguns instantes. Ele olha para ela. A morte encarnada. Não é uma mulher, nem uma menina. Mendonça estava certo. Sua filha possui um dom extraordinário. Edgar se sente confuso. A música alta, os efeitos luminosos e o olhar de Azalea sobre si o deixam atordoado. Boris é tocado por alguns escolhidos da plateia. Ele é real. Azalea está ali. Edgar Wilson sai da tenda e vomita num canto escuro perto da cocheira. Anda rápido e corta caminho pelos fundos do terreno em direção ao matadouro. O mais rápido que pode, ele segue até o lago, onde enfia a cabeça na água para refrescar os pensamentos. Ao emergir, sente-se refeito. Respira com mais leveza. Edgar Wilson se deita à beira do lago e observa as estrelas no céu.

No silêncio da noite, com o azedume dos búfalos, Edgar Wilson acende um cigarro e fuma, enquanto observa alguns pontos luminosos se movimentarem. Três vaga-lumes voejam devagar e sobem cada vez mais alto, em direção às estrelas. Talvez pensem ser uma delas; astros consumidos.

Escuta alguns passos que se chocam contra as folhas secas. Mantém-se deitado olhando para o céu. Tomás se senta ao seu lado, no chão. Bebe uma dose de uísque direto de uma pequena garrafa. O lago à noite reflete a luz da lua. É possível vê-la no espelho de água junto de seu próprio reflexo ao se debruçar sobre as águas doces.

— Você foi lá, não foi? — pergunta Tomás.

— Fui — responde Edgar, seco.

— Você acha mesmo que isso tudo é real, Edgar?

— Não sei.

— Nós morremos — diz Tomás depois de tomar um pequeno gole.

— Eu sei. E estamos aqui — responde Edgar Wilson.

— Mas não morremos de verdade. Estamos igual ao Boris — conclui Tomás.

— Vou matar o galo — diz Edgar decidido.

— Eles vão te destruir — afirma Tomás.

— Aquela criatura precisa parar.

— Você tem razão. Mas por que se meter nisso?

Edgar fuma em silêncio por alguns instantes. Pensa, mas não encontra outra resposta a não ser:

— Ele já está morto, Tomás. Estão explorando os mortos.

— Sim, está.

Edgar Wilson estende o braço em direção ao céu para tocar num vaga-lume que voa perto dele. O diminuto ponto de luz se esquiva, mas pousa em seguida em sua mão, e ele fica fascinado com a delicadeza e a luz que emana do inseto.

— Amanhã precisamos abater vinte búfalos. Já marquei na testa os que vão morrer — diz Edgar Wilson.

— Vai ser um trabalho e tanto — comenta Tomás por fim, levantando-se. Joga uma pedrinha no lago. O barulho desperta alguns peixes que nadam mais perto da superfície.

— Sente falta das estradas?

— Não.

— Também não sinto. O que aconteceu com o Bronco?

— Ele viu umas coisas... na hora da escuridão. Sabe quando vai morrer.

Tomás olha com incredulidade para Edgar.

— Eu vou estar lá, ele disse — conclui Edgar Wilson.

— Isso não é possível. Nenhum homem sabe a hora da sua morte. Assim como Cristo não sabe a hora de seu regresso — afirma Tomás.

— Amanhã será como hoje. E depois de amanhã será como ontem — suspira Edgar. — Isso é tudo o que temos.

Edgar Wilson termina seu cigarro e se levanta. Toca no ombro de Tomás, despedindo-se, e segue em direção ao alojamento. Precisa dormir cedo para surpreender o sol. Em trevas vai se deitar e em trevas se erguerá.

6.

Os búfalos com seus chifres perfurantes estão enfileirados no corredor do setor de atordoamento. Edgar Wilson escolhe o primeiro pelo chifre. Deve ser o melhor. Encaminha-o para o início da fila enquanto Bronco Gil abre a portinhola para a passagem do animal pelo estreito corredor de atordoamento. O método é o mesmo utilizado para os bovinos, porém a marreta foi deixada de lado. Os investimentos no matadouro realizados por Espartacus incluem uma pistola pneumática de aço inox com duplo gatilho.

Espartacus assiste ao início dos trabalhos. Está orgulhoso de seu investimento. Enquanto fala ao celular, observa à distância o derramamento de sangue e a dispersão do odor das vísceras.

Edgar Wilson verifica com atenção os chifres curvos e porosos do búfalo. Toca de leve na fronte do animal e cicia perto de seu ouvido direito. Nos olhos do búfalo, uma névoa sutil se forma, algo que ofusca sua visão. Edgar Wilson posiciona a pistola e dispara antes de o animal concluir sua respiração. O búfalo cai numa espécie de vala, que possui um acionamento mecânico, permitindo assim que seu corpo seja jogado para a outra baia da zona de atordoamento.

Bronco Gil aguarda o corpo quente, pesando centenas de quilos. Amarra as patas traseiras do búfalo e o suspende de cabeça para baixo, dando assim início à degola. O jato quente de sangue jorra com força diretamente numa valeta que corre para um tonel que será despejado no rio. Rio das Moscas.

— Ela deve estar com muito medo — diz Bronco Gil enquanto remove com cuidado a cabeça do búfalo. — Quer que eu tire os chifres agora?

Edgar Wilson faz que sim com a cabeça e Bronco Gil começa a removê-los com cuidado.

— Bronco, eu queria ver com você sobre aquele Carabao que você capturou na mata. Aquele metade albino, metade preto — começa Edgar Wilson, que em seguida cicia para o búfalo seguinte e o desmaia com a pistola. — Quero comprar ele — conclui.

Bronco Gil suspende o primeiro chifre removido e mostra a Edgar Wilson, que fica satisfeito com a remoção impecável.

— Pra que você quer comprar ele?

— O Tião taxidermista quer um... Vou vender pra ele.

— Eu te dou ele.

— Mas faço questão de te dar uma comissão — diz Edgar Wilson.

Bronco Gil dá de ombros enquanto remove o segundo chifre.

— Pode ser.

Edgar Wilson puxa a alavanca e permite que o corpo do segundo búfalo caia na outra baia. Sente seu coração pulsar na sintonia dos búfalos. O calor que sobe pelas costas, queimando sua pele e deixando a cabeça levemente atordoada, revela a Edgar Wilson que este é o melhor lugar para estar.

Depois dos longos dias trabalhando nas estradas, indo de um lado para o outro, tropeçando em mortos de toda espécie, deparando-se com todo tipo de miséria, Edgar Wilson entende que os próximos tempos serão difíceis. A morte das coisas como conhecia e o recomeço a partir dessa suspensão das emoções, do decorrer dos dias e das noites. Inteiramente em toda parte sem estar contido em parte alguma.

— O Mendonça me procurou.

Bronco Gil para por instantes, limpa as mãos num pedaço de pano sujo e acende um cigarro de palha que ele mesmo enrolou mais cedo.

— Ele te pediu pra matar a moça? — fala Bronco.

— Mais ou menos. Ele quer uma confissão.

— Quer matar sem peso na consciência.

— Por que você não faz o serviço?

— Não. Gosto da moça. Ela não merece isso.

Bronco Gil traga mais uma vez o cigarro antes de voltar à degola.

— Bronco...

Ele para ao ser chamado por Edgar Wilson.

— Que porra de circo é esse?

— Você viu o show.

— Que porra é aquela?
— É doentio, mas a menina é extraordinária.
— Isso não tá certo... Você sabe disso.
— O que você quer fazer, Edgar?
— Acabar com essa aberração.

Edgar Wilson posiciona a pistola pneumática e dispara entre os olhos do búfalo seguinte. Despacha-o para a outra baia e se volta para Bronco Gil, que aguarda uma resposta. Eles se entreolham pela fresta da divisória da baia.

— Você vai aceitar o serviço do Mendonça?
— Disse que consigo uma confissão, mas ele é quem vai matar.

Bronco Gil concorda com a cabeça e se afasta em silêncio. Tomás, com luvas, botas e um macacão impermeável, entra na segunda baia e começa a carnear o búfalo, exatamente como Edgar Wilson lhe ensinou dias atrás. Enquanto escuta uma missa pelo rádio, ele invoca os anjos para aplacar os demônios e conter os homens.

Tomás se mostra habilidoso com a faca. Move-a com delicadeza e fatia o búfalo suavemente. Para ao perceber a aproximação de dois policiais. Edgar Wilson dispara contra mais um búfalo antes de se dar conta da presença da lei.

— Bom dia — diz um deles.

Os três homens param seus trabalhos e olham para os policiais.

— Não queremos atrapalhar o trabalho de vocês — fala o outro.

Edgar Wilson reconhece um deles. É o policial Américo O+. Está mais magro e com menos cabelo. Ele também reconhece Edgar.

— Edgar Wilson, gostaria de falar com você — diz Américo O+.

Edgar Wilson deixa a baia e lava as mãos numa torneira.

— Pois não.

— Soube que você encontrou o corpo do palhaço caído na estrada — diz o colega dele.

— Não sabia que tinha parado com o trabalho no galpão — completa Américo.

— Eu voltei pro matadouro.

— Edgar me ajudou com um corpo tempos atrás — diz para o outro policial.

— Acho que me lembro de você. Aquele bezerro na caçamba da sua caminhonete... rendeu um churrasco de vários dias — ele comenta com um sorriso.

Edgar Wilson o reconhece. Está entre conhecidos. Sente-se mais aliviado.

— Sei do seu apreço pelos mortos, Edgar. Recebemos uma ligação, apareceu uma testemunha e aí o delegado teve que reabrir o caso — diz Américo. — Fui lá no circo... — Américo faz uma pausa e gira o corpo na direção da grande lona ao longe. Cospe no chão antes de ajustar o coldre preso às costelas. — Falei com o dono do lugar. Gente estranha.

— Essa testemunha disse quem foi?

— Ainda não exatamente, mas parece que foi o Mendonça — completa Américo.

— E como eu posso ajudar?

— Você viu alguma coisa suspeita, uma pegada, algum objeto caído...? — pergunta o outro policial.

— Não vi. E também não vi ninguém. Só o cachorro tava lá.

— Foi o que eu imaginei — diz Américo, sentindo-se cansado. — Por mim, deixava isso quieto, mas apareceu essa porra de testemunha. Já tô quase me aposentando...

Edgar Wilson permanece parado olhando para os dois. Tomás e Bronco Gil se aproximam e escutam a conversa em silêncio. Os policiais observam os dois. Américo pensa no próximo passo.

— Disseram que tem umas coisas bizarras nesse circo... — diz.

Os homens não respondem. Américo e seu colega secam o suor da testa e pedem água. Edgar aponta a torneira em que lavou as mãos minutos antes. Os dois lavam o rosto e bebem um pouco de água na concha das mãos.

Os policiais se sentem levemente coagidos sob os olhares de Bronco, Edgar e Tomás. Américo observa o curral com os búfalos e se aproxima devagar. Edgar Wilson segue seus passos e para a seu lado.

— Que bela criação vocês têm aqui — diz Américo, dando um tapinha na cerca. — Bem firme, hein? — faz uma pausa. Ele caminha ao redor do curral, observando os búfalos com mais atenção. — Não têm marca. Não ferroaram eles?

— Ainda não. Vamos fazer isso — responde Edgar Wilson.

Américo O+ fecha a cara e seu olhar se torna sério e pesado.

— O Espartacus está por aqui?

— Não. Ele saiu.

Américo levanta as sobrancelhas como se não acreditasse. Espartacus, assim que viu os policiais se aproximarem, foi se esconder no banheiro do alojamento, de onde continuou cuidando dos negócios, falando ao telefone.

— Bem, então acho que é isso. Obrigado por colaborar com a polícia. Sabe até quando o circo vai ficar aqui?

— Não sei, não, senhor — responde Edgar.

Américo dá uma última olhada para o circo e estala a língua na boca. Sente-se ainda mais cansado e desanimado. Com um breve aceno da cabeça, eles se afastam e caminham de volta para a viatura, que está na entrada do matadouro.

— Que porra de investigação é essa? — murmura Tomás antes de se virar e voltar a carnear o búfalo morto.

As horas avançam em direção às sombras até que a noite reveste o céu numa escuridão antes vista no negrume dos olhos das duas dezenas de búfalos abatidos ao longo de várias horas.

Edgar Wilson encontra a antiga marreta que costumava usar para desmaiar o gado. Segue até o curral onde está o búfalo albino e o atinge em cheio entre os olhos. O animal cai no chão debatendo-se. Seus espasmos duram cerca de cinco minutos. Edgar Wilson verifica a pulsação e o búfalo está morto. Passa a mão sobre a testa do animal. Nenhum corte ou ferimento. A pele limpa. Perfeito para ser empalhado. Remove-o do curral, deixando-o no frigorífico junto aos outros.

Depois do longo dia, Edgar Wilson está coberto de sangue. Joga as calças para o lado e entra nu debaixo do chuveiro do alojamento. A água que cai em sua cabeça lava toda a imundície do dia, o sangue dos búfalos e o cheiro das vísceras.

Limpo, sai do banheiro até o pátio do matadouro. Sente o cheiro da comida pronta vindo da cozinha. Não haverá abate no dia seguinte, mas precisará ir até o frigorífico levar a encomenda. O caminhão já está estacionado e abastecido. Bronco Gil o acompanhará e Tomás descartará o sangue dos tonéis no rio.

De onde está, Edgar Wilson observa as margens do lago. Vê o que parece uma mulher. Imediatamente segue na direção do lago enquanto termina seu cigarro. Sente fome, mas antes de comer precisa verificar quem está ali.

Quando se aproxima, a mulher se vira e olha para ele. É a trapezista. Parece triste. Volta a mirar o lago.

— O que você faz aqui, moça?

— Gosto desse lago. Preciso ficar um pouco sozinha.

— Não pode entrar aqui. É uma área particular...

Ela interrompe Edgar Wilson.

— Ele pediu pra você me matar, não foi?

Edgar para de falar e respira fundo. Dá mais um passo e se posta ao lado da mulher, mantendo alguma distância. Ela olha para ele, aguardando alguma resposta. Edgar observa o lago e o reflexo da lua que já está alta no céu.

— Você vai me matar?

— Não, moça. Não vou.

— Ele disse que eu matei o Huracán pra incriminar ele, não é?

Edgar Wilson faz que sim com a cabeça de modo sutil.

— Ele mente. O tempo todo.

Edgar permanece quieto, ponderando até mesmo a respiração da mulher.

— Azalea não é filha dele. Não sei bem como foi, eu era pequena quando ele chegou com uma criança dizendo que era dele. Mas todo mundo sabe que ele não pode ter filhos.

— Quem é a garota?

— Alguém que ele sequestrou. Alguma criança que ele atraiu por aí.

A mulher sorri para si.

— Ele só não sabia que ela seria a galinha dos ovos de ouro dele. Ganhou mais dinheiro no último ano do que em toda vida de bosta dele — a mulher faz uma pausa e reflete um pouco. — Meu pai fundou o circo com ele. Mas um dia, acidentalmente, a barra se soltou e ele quebrou o pescoço.

Edgar Wilson gosta da mulher e permanece observando seus lábios se moverem enquanto fala. O perfume doce que emana do batom em seus lábios o faz fechar os olhos.

— Mendonça disse que você quer se vingar dele por causa de um aborto que ele te obrigou a fazer.

A mulher ri e seus olhos se perdem do outro lado da margem do lago.

— Como eu falei, ele mente o tempo todo. Ele inventou essa história. Eu nunca engravidei, muito menos tive qualquer envolvimento com o Mendonça — ela suspira antes de continuar. — Por herança, metade do circo é meu. Eu sou a única herdeira do sócio morto dele. Então é bom que eu esteja morta também.

— Por que você tá aqui falando comigo?
— O padre disse que você quer ajudar.
— Ele disse? — murmura Edgar.
Ela olha para ele e faz que sim com a cabeça.
— O que você quer que eu faça?
— O que o padre me disse que você quer fazer...
Edgar Wilson se sente levemente confuso.
— Por que ele matou o Huracán?
— Ele ia levar a Azalea embora. A Azalea não sabe que foi roubada quando criança. O Huracán descobriu umas coisas...
— Que coisas?
— Ele dizia que a Azalea já está morta e o que a mantém viva não é deste mundo.

Edgar Wilson se lembra do que Tomás presenciou anos atrás. De quando esteve frente a frente com um garoto que estava morto havia vários meses e seu corpo era preservado por um demônio que falava através dele.

— Você acredita mesmo nisso?
A mulher ri, desviando os olhos.
— Eu posso acreditar em tudo porque vi muito mais do que imaginei ver. Além do Boris, Azalea também precisa ser destruída. Aquilo não é ela, não é uma menina. Azalea se foi há muito tempo.

Edgar Wilson retém em sua memória o olhar de Azalea para ele, perscrutando-o sob a luz difusa, farejando-o como um cão.

— Quando vocês vão embora?
— Acho que em poucos dias.

A mulher se mexe para sair, mas, antes que se afaste, Edgar Wilson pergunta seu nome.

— Verena.

— Se eu matar o Mendonça, destruir aquele galo e a vidente, o que vai ser de vocês?

Verena se aquieta e olha para baixo. Suspira pensativa.

— Seria o fim e o recomeço.

— Um apocalipse, Edgar Wilson — a voz de Tomás soa vinda detrás de uma árvore. Tomás continua caminhando devagar e se aproxima dos dois. — Conhecereis a verdade. A revelação do que está escondido. O fim e o recomeço. Isso é o apocalipse.

Tomás toca suavemente no ombro de Edgar Wilson e olha em seus olhos.

— Despertamos. Estamos acordados.

— Você disse que estávamos mortos, Tomás.

— Morremos sim, mas despertamos, Edgar. Olha ao seu redor... Isso aqui é real.

Edgar se afasta e caminha na direção do curral, onde os búfalos descansam em silêncio. Dá meia-volta e entra no refeitório do alojamento. Bronco Gil está sozinho, come quieto enquanto Espartacus palita os dentes e assiste a um jogo de futebol na velha TV pregada na parede.

Edgar Wilson serve para si o macarrão com molho de tomate e pedaços grosseiros de carne assada. Puxa uma cadeira em frente a Bronco Gil e se senta sem falar nada. Dá a primeira garfada na comida e mastiga em silêncio. Bronco Gil permanece quieto, comendo ruidosamente, e se levanta em seguida para se servir mais. Volta a se sentar e olha para Edgar, que já comeu metade da comida do prato.

— Conheci a trapezista — começa Edgar Wilson.

Bronco Gil mantém os olhos sobre a comida que devora em grandes garfadas.

— Que inferno tá acontecendo, Bronco?

Bronco Gil suspende os olhos e encara Edgar Wilson por alguns segundos.

— Do que você tá falando?

Edgar Wilson encara Bronco em silêncio e respira fundo. Volta a comer. Tomás atravessa a porta do refeitório e serve para si um prato cheio. Senta-se com os dois. Antes de falar qualquer coisa, observa a partida de futebol na televisão. Franze o cenho com a atitude inconsequente do jogador, que quase resulta numa expulsão.

— Não tenho mais saúde pra isso — murmura Tomás, dando uma garfada na comida e enchendo a boca.

Edgar Wilson termina de comer. Levanta-se, serve para si uma caneca de café e volta para a mesa. Acende um cigarro e encara Tomás e Bronco sem demonstrar ansiedade. Quando Tomás termina de devorar sua janta, empurra o prato para a frente e se recosta na cadeira, largando o corpo e acendendo seu toco de charuto.

— O Bronco mandou a trapezista falar comigo. Acho que temos um problema aqui — começa Tomás. — Ela me contou toda a história da Azalea, do Mendonça, da porra daquele galo. A gente pode simplesmente ignorar ou a gente pode tentar resolver.

— Por que eu me meteria nisso, Tomás?

Tomás baixa os olhos. Pensa enquanto pita seu charuto.

— Não sei. Mas você sempre gostou de fazer alguma coisa.

— Você acredita na trapezista? — pergunta Edgar, olhando para Bronco.

— Mais ou menos — responde. — Mas eu conheci o Huracán. Ele sabia que a Azalea foi sequestrada.

— E o anão? — pergunta Tomás para Bronco.

— Que que tem a porra do anão? — Edgar Wilson questiona Tomás.

— Ele deve saber das coisas... — o padre responde, dando de ombros.

— Todo mundo ali tem medo do Mendonça. E eles não sabem o que fazer sem o circo. É tudo o que eles têm — diz Bronco Gil incisivo.

— Por que você não quer se meter nisso? — pergunta Edgar para Bronco Gil.

— Porque é assim que eu morro.

Silêncio entre os três. Bronco Gil se levanta da mesa e sai do refeitório. Tomás encara Edgar Wilson, que termina o café sem pressa. Espartacus acena um boa-noite ao desligar a televisão com o término do jogo e sai do refeitório.

Os minutos transcorrem em silêncio. Tomás fuma seu charuto olhando pela janela do refeitório. Edgar Wilson volta do banheiro e puxa uma cadeira. Olha para Tomás e suspira, esperando que ele conclua o que quer falar.

— A gente pode dar conta. Isso tudo é heresia — começa Tomás. — Estão enganando um monte de gente, matando... Vi a menina e aquilo não é uma menina, Edgar. Não tem nada de bom ali. Ela morreu há tempos e não pode descansar.

— E você já viu isso antes — diz Edgar.

Tomás faz que sim sutilmente com um aceno da cabeça. Apaga o toco do charuto dentro da caneca de café. Olha de volta para Edgar Wilson.

— Mas não é o mesmo espírito... Há muitos vagando por aí — conclui Tomás.

— A trapezista disse que vão embora daqui uns dias — comenta Edgar Wilson. — Eu só quero abater esses búfalos e tocar os negócios aqui no matadouro.

Bronco Gil volta pisando duro e com o semblante chateado. Puxa a cadeira onde estava sentado e se acomoda antes de falar:

— O anão. Ele tá boiando no lago.

Edgar Wilson só gostaria de algum tempo de paz, mas o tempo de matar e de morrer é prolongado e o fim nunca termina. Todo dia, as horas de trevas avançam em direção à luz, porém, essa luz é cada vez mais mirrada e inútil.

— Anão filho da puta — murmura Edgar Wilson.

Espartacus entra molhado no refeitório, tropeçando entre as mesas.

— Tem um anão morto no lago — exclama, olhando para os três homens, que não reagem. — Porra! Agora a polícia vai começar a bisbilhotar nosso matadouro. Porra, Edgar, eu disse que não queria gente do circo aqui. A culpa é sua. Você tinha que ter mantido essas aberrações do lado de fora da cerca.

Edgar Wilson se levanta e encara Espartacus, que se agita de um lado para o outro com as mãos na cabeça.

— Essa morte aqui no matadouro vai ferrar com os negócios — exalta-se Espartacus.

— Por que ferraria tudo? — questiona Tomás.

Espartacus desvia o olhar quando é encarado pelos três. Anda de um lado para o outro. Apalpa os bolsos da calça e da camisa procurando por algum de seus remédios. Sente uma pressão no peito, no osso do esterno, que comprime a respiração. Tenta se acalmar.

— Não é óbvio? Um palhaço já morreu, agora um anão. Além da polícia, a imprensa vai estar aqui — diz Espartacus na tentativa de receber alguma empatia dos três homens.

— Pessoas morrem. Por que isso ferraria com o negócio? — insiste Bronco Gil, dando um passo na direção de Espartacus.

— Já lidamos com pessoas mortas antes — diz Tomás.

— Sempre — completa Edgar Wilson.

Espartacus se cala e recua. Pensa por alguns instantes e se volta para os três.

— Porque eu menti!

— Sobre o quê? — questiona Tomás.

— Roubei os búfalos — conclui Espartacus, sentindo-se zonzo.

Edgar, Bronco e Tomás se entreolham.

— Não são parte da herança que seu irmão... — diz Bronco Gil.

— Eu não tenho irmão, Bronco. Nunca tive herança pra receber. São roubados. Cada um deles — responde Espartacus, tentando se acalmar quando sente o coração mais acelerado que o normal. Ele puxa uma cadeira para se sentar.

— Roubei com a ajuda de outra pessoa e a gente dividiu o gado. Meio a meio pra cada um. Por isso eles não têm marca de ferro, porque a gente roubou eles antes que chegassem ao verdadeiro dono.

— Alguém desconfia? — pergunta Edgar Wilson.

— Até hoje ninguém apareceu. Por isso preciso abater logo essa leva de búfalos, pra não levantar suspeita. Não me olhem com essa cara. Eu precisava de dinheiro pra começar o negócio e não tinha tudo o que precisava.

— Vai todo mundo preso se descobrirem — diz Tomás.

— A gente tá ferrado... Todo mundo aqui tem passagem...

Espartacus sente falta de ar. Levanta-se e caminha até a janela. Respira fundo, mas uma pressão no peito seguida de uma dor aguda que corre até o braço o faz paralisar. Vira-se sobre os calcanhares e cai duro no chão, de olhos arregalados. Morto e quente. Seus olhos abertos sem expressão. Não há mais nada ali. Tomás verifica a pulsação e os batimentos de Espartacus. Faz o sinal da cruz em sua testa e sobre os lábios.

— Mais um morto, Edgar. Acho que a trégua que você queria infelizmente acabou.

Ninguém procuraria por Espartacus, ao menos ninguém decente. Bronco e Edgar carregam o corpo até o cemitério do matadouro, que fica em frente à capela. Deitam Espartacus e, antes de começarem a cavar, os três seguem até o lago, na intenção de retirar o corpo de Tiquinho. Não encontram nada. Talvez tenha afundado. *Submerso, ele descansará*, é o que pensa Edgar Wilson.

— Quem será que matou o anão? — questiona Bronco.

— Talvez tenha só se afogado. Ele era mesmo bem pequeno — diz Edgar.

— O circo vai procurar por ele — diz Tomás.

— Não sabemos de nada — conclui Bronco.

Os três homens voltam até o cemitério clandestino e abrem uma cova para enterrar Espartacus. Edgar Wilson sabia do desejo de Espartacus de ter ao menos uma lápide com seu nome sobre a cova, porque isso é tudo o que resta, de acordo com ele. Lamenta por isso, por não poder colocar uma lápide sobre a sepultura de Espartacus, mas em silêncio pede aos anjos que olhem por ele e que o identifiquem mesmo a sete palmos, longe da luz do sol e do conhecimento dos homens.

— Precisamos abater todos os búfalos. Dar um fim neles antes que alguém venha procurar — diz Edgar Wilson.

Após horas cavando o solo rígido do terreno, eles caem exaustos. Depois de vinte cabeças de búfalo abatidas e um homem enterrado, a noite não dá trégua, com a lua alta no céu e o calor sufocante.

Tomás acena para que entrem na capela. Serve uísque a cada um. Bebem e rezam, cada um à sua maneira, e, antes que o sol apareça rasgado no horizonte, voltam para o alojamento. É dia de entregar as carnes no frigorífico e derramar o sangue dos tonéis. Mais um dia quente e inesperado. Um dia de misérias incontáveis.

7.

No princípio, o circo era o matadouro. De escravos a prisioneiros de guerra. De gladiadores profissionais a mercenários endividados. Tudo ali era para saciar a fome e estimular a ira. Diante da morte e da miséria que se encerrava com o fim violento, os mais afortunados, que da plateia assistiam às exibições macabras, regressavam a suas casas sentindo-se mais aliviados com o expurgo, com a catarse coletiva dos gritos, dos insultos e dos massacres.

Homem contra homem; homem contra animal. Assim, num embate sangrento até o fim de um dos dois, era realizada a diversão proporcionada pelo Estado para reforçar seu domínio e poder. Na decadência dos embates públicos que culminavam na morte, restou um espaço aberto e abandonado, que aos poucos foi sendo tomado por prostitutas, artistas de rua e videntes de todo tipo. Em outras regiões, espaços semelhantes funcionavam como show de exibição de animais raros e malabaristas.

Quando Mendonça e seu sócio fundaram o circo, os dias transcorriam de cidade em cidade, apresentação após apresentação. O anúncio da chegada da trupe era feito por carros com pequenos alto-falantes no teto, e o domínio do homem sobre os animais ainda era uma das atrações. De chicote na mão, o domador de leões fazia as crianças tremerem. O chimpanzé velho e cansado precisava vestir a roupa de apresentação e fazer seu número repetitivo com o palhaço, sob o risco de dormir com fome. O elefante mal cabia sob a lona quente e puída, mas precisava manter a doçura e respeitar os comandos enfadonhos.

Uma perturbação sem fim. Uma dor infinita para animal e homem, sob o risco de ser devorado pelo próprio colega de apresentação ou esmagado por seu parceiro de show. Os acidentes ocorriam, mas em poucos dias o circo ia embora, seguia em luto e silêncio para outra cidade. Montavam a tenda, distribuíam panfletos, e o cheiro perfumado do algodão-doce e de pipoca fazia todas as famílias da região saírem de casa quando a noite caía.

Novamente, lá estava a plateia reunida. Os animais em exibição ao lado dos homens. Animal versus homem. Mais uma vez seguia o espetáculo, dessa vez menos sangrento, mas igualmente miserável.

O circo mudou diversas vezes. Quando o sócio de Mendonça morreu, este precisou cuidar de tudo sozinho. Foram tempos difíceis, mas conseguiram sobreviver. Os animais foram proibidos. Os homens precisavam encontrar novas formas de entreter. Homem versus homem. Fosse voando num trapézio, fosse mergulhando num tanque com camisa de força. Os desafios eram contínuos. Superar a si mesmo. Entreter. Atrair. Emocionar.

O show não funcionava mais. O circo de Mendonça estava passando por seus piores dias quando a epidemia chegou. Tudo parou. Permaneceram por meses num terreno baldio, vivendo na miséria, comendo as últimas galinhas e fazendo, cada um à sua maneira, trabalhos esporádicos e diversos para sobreviver. Foi quando Azalea, que era a assistente do mágico e filha de Mendonça, adoeceu.

Ao longo da vida, Mendonça adquiriu muitos animais para o circo. A maioria ilegalmente. Não foi diferente com Azalea. Quando se apresentavam num pequeno município do interior do país, uma mulher apareceu no trailer de Mendonça e pediu que levasse com ele a menina, que então tinha três anos. Era a filha mais nova de uma família de nove irmãos. Todos molestados pelo pai. Todos morrendo de fome. Mendonça não podia ter filhos. Não sabia se deveria aceitar. A mulher deixou a menina em seu trailer aos prantos. Ele retirou da carteira algumas notas e entregou à mulher. Mesmo ilegalmente, ele adquiria seus animais com algum pagamento.

Mendonça deu um novo nome para a menina. Dizia que era sua filha e que a mãe lhe entregara para criá-la. Ele a amava. Era sua melhor aquisição. Nunca encostou um dedo em Azalea e ela crescia cheia de habilidades. Para Mendonça, a menina foi um presente. Nos piores dias do circo, à beira da fome e com a filha moribunda, foi que tudo realmente começou a mudar.

A desolação assolava cada canto da Terra. Houve noites prolongadas em que até mesmo o dia se escondeu. O horror do fim instaurado em cada coração tornou a todos mais introspectivos e resolutos quanto a novas decisões. Todos queriam viver, todos queriam se redimir.

Azalea acordou no meio da noite e chamou por Mendonça, porém, horas antes, ele havia percebido que a filha não respirava. Sabia que Azalea estava morta, mas preferiu deixá-la mais algumas horas a seu lado, e assim segurou sua mão por todo esse tempo. A longa despedida se converteu em algo extraordinário: ela despertou. Mendonça sabia que havia qualquer coisa de estranho na filha. Ela estava ali, mas não parecia ser ela. Talvez uma experiência de quase morte a tenha feito voltar com alguns sentidos aguçados. Tinha certeza de que ela não respirara por pelo menos duas horas. Mas alguma coisa estava ali e queria falar.

Tudo o que Azalea falava, acontecia. Era capaz de conhecer o passado e prever o futuro. Para Mendonça, fosse o que fosse, ela voltara para salvá-los. O circo passou a receber grupos de pessoas que ouviam vinte minutos de uma pregação bíblica rasa e horas de revelações sobre a vida de cada um ali presente. Azalea atendia um por um, e assim nasceu o Circo das Revelações, que proferia palavras de salvação e apontava um caminho individual a todos que ali chegavam.

Ao final de cada apresentação a soma de dinheiro recolhido aumentava. O circo prosperou durante a escassez, tornou-se lugar de salvação e esperança. Novos tempos, novos caminhos. *Quem tem ouvidos ouça o que o espírito diz à igreja*, era o que dizia Mendonça no início de cada apresentação, repetindo as palavras de João Batista quando advertia as pessoas.

Tomás está de costas para o curral e de frente para onde nasce o sol. Balbucia algumas palavras de sua prece matinal.

Evoca os anjos para que seus demônios sejam silenciados. A súplica do homem morto, que horas atrás entregou à terra. O fardo que carrega de zelar pelos rejeitados, ladrões e vagabundos. Sente-se como um cristo. Um cristo pequeno, que arrasta suas botas contra a poeira do solo, que come com os inimigos e que enterra homens e animais. Em cada passo que dá, junto está a misericórdia. Em cada prece que faz, sua alma pesa mais um pouco.

Não pregou os olhos o restante da noite, ao contrário de Bronco e Edgar, que desmaiaram sobre a cama.

Rosario aponta ao longe, chacoalhando devagar seus flancos volumosos e pesados, equilibrando os quadris remendados por pinos de aço e pitando seu cachimbinho com fumo de hibisco e folhas de amora.

Tomás conclui sem pressa suas orações até que Rosario o alcance.

— Bom dia, padre.
— Bom dia, dona Rosario.
— Hoje é o dia da entrega da primeira encomenda...
— Vamos sair daqui a pouco.
— Eu queria falar com o Espartacus sobre a porcentagem...

Tomás interrompe Rosario.
— Ele viajou.

Rosario pita seu cachimbo. Pensativa, observa os búfalos no curral.

— Pra onde?
— Não disse muita coisa.
— Soube que a polícia esteve aqui.

Tomás faz que sim com a cabeça.

— O que eles queriam, padre?
— Espartacus.

Tomás mente, mas imagina que a inspiração divina o orienta a desviar toda a atenção sobre os crimes ocorridos. Rosario suspira e arqueia as sobrancelhas numa expressão de concordância.

— Sempre achei que ele não prestava — diz ela. — Tem alguma coisa a ver com o gado?

Tomás faz que sim com a cabeça.

— Aquela história de que ele herdou...

Tomás interrompe.

— Roubado. Cada cabeça.

Um peso abate o semblante de Rosario. Sabe que será tida como conivente, pode perder suas terras, ser morta ou presa. Engole em seco.

— Precisamos abater todos eles — ordena Rosario.

— É o que vamos fazer.

— Onde estão o Edgar e o Bronco?

— No refeitório. Vamos entregar a mercadoria, voltar pra cá e abater o restante.

— Enquanto isso, vou redobrar a atenção aqui. Vou chamar uns homens pra me ajudar a fazer a segurança, caso os verdadeiros donos apareçam.

Tomás faz que sim com a cabeça e pede licença para se retirar.

Os tonéis com o sangue do abate dos búfalos já estão na caçamba da caminhonete. O caminhão frigorífico já está abastecido com os búfalos refrigerados. Sob os olhares atentos de Rosario, Edgar e Bronco sobem no caminhão, seguidos por Tomás, na caminhonete.

Atravessam os portões do matadouro do Milo e tomam a estrada principal. O sol já se elevou e o calor se intensifica a cada hora. Edgar Wilson dirige. Vez ou outra, observa pelo espelho retrovisor a caminhonete de Tomás.

— Você acha que a dona Rosario desconfia de alguma coisa? — pergunta Bronco.

— Não. Tomás é muito convincente.

— Depois que a gente abater todos os búfalos, vamos continuar no matadouro?

— Acho que sim, Bronco. A gente pode tocar o negócio.

— O problema é o circo... — resmunga Bronco Gil.

Edgar Wilson acende o segundo cigarro da manhã. Respira fundo e tenta sintonizar em alguma rádio. A estática invade o caminhão. Pelo caminho, avistam a unidade quinze zero oito, que Edgar Wilson dirigiu por alguns anos, recolhendo animais mortos da estrada. A caminhonete está parada no acostamento e o capô levantado.

— Deve ser aquela mangueira do radiador — diz Edgar Wilson, estacionando o caminhão frigorífico logo à frente. Retira o cinto de segurança e desce. Tomás passa por eles sem dar muita importância e segue até o rio das Moscas.

Edgar Wilson se aproxima do homem que agora veste o mesmo macacão que ele usava, que com a cara afundada no motor quente da caminhonete tenta entender o que acontece.

— Bom dia. Posso dar uma olhada? — diz Edgar Wilson.

O homem aborrecido e sujo de graxa faz que sim com a cabeça e dá espaço para Edgar mergulhar no motor do veículo. Edgar sabe exatamente o que fazer.

— Liga lá — ordena ao homem, que duvida, mas obedece.

A caminhonete ressuscita. Edgar Wilson gosta desse barulho. Fecha o capô e enfia a cara pela janela do carona. Sente o cheiro da unidade quinze zero oito. O novo funcionário sorri e agradece a Edgar Wilson.

— Não tem que me agradecer. Eu dirigia essa caminhonete antes de você.

— Você é o Edgar Wilson?

— Sou eu.

O homem estende o braço e aperta a mão de Edgar com admiração e agradecimento.

— Sou irmão da Nete. Ela sempre fala de você.

Edgar não sabe ser agradado. Baixa os olhos e desvia da atenção que recebe. Afasta-se devagar.

— Ela melhorou da tosse? — pergunta Edgar.

— Não. Aquilo nunca melhora.

Edgar Wilson sorri para si e volta para o caminhão satisfeito de ter cruzado com sua antiga vida.

Antes de seguir para o frigorífico, pegam um desvio e vão até a oficina do Tião. Bronco e Edgar suspendem o búfalo parcialmente albino e o arrastam com cuidado até os fundos. Tião arregala os olhos ao ver o animal.

— Consegui um — diz Edgar Wilson esbaforido.

Tião se joga sobre o animal e ajeita os óculos pesados, observando cada detalhe com uma lupa. Admirado.

— Nunca vi um assim... — comenta.

— Achei que fosse gostar.

— É lindo — diz Tião, emocionado.

O homem se levanta e dá um abraço em Edgar Wilson, que, meio sem jeito, esquiva-se.

— Agradeça ao Bronco. Foi ele quem capturou.
Tião sorri para Bronco Gil.
— Obrigado. Não se preocupem. Vou pagar bem por ele — diz Tião, indo até uma mesa e abrindo a gaveta. Ele retira um volume de dinheiro guardado dentro de um saco de um quilo de arroz. Conta as notas. Entrega na mão de Edgar Wilson a boa soma de dinheiro.
— Acho que fica bom assim. O que acham? — quer saber Tião, olhando para os outros dois, que apenas demonstram satisfação com o volume de dinheiro.

Edgar Wilson e Bronco Gil tomam a estrada até o frigorífico. Entregam o carregamento, assinam os recibos e, antes de receber o cheque pelo pagamento, Bronco Gil diz:
— Vamos abater uma leva grande hoje. Tem interesse em comprar mais do nosso gado?
— A carne é boa. Foi bem carneada. Se estiver tudo bem pro Espartacus... — diz o gerente do frigorífico.
— Ele saiu do negócio — responde Edgar Wilson.
O gerente do frigorífico fica sem entender a desistência repentina.
— É... não é pra todo mundo esse tipo de trabalho — comenta. — Eu assino o cheque em nome de quem?
— Da dona Rosario... Ela... — diz Edgar Wilson, que é interrompido pelo gerente.
— Claro, a esposa do seu Milo. Eu tenho aqui os dados dela.
O homem clica em alguns arquivos no computador para buscar os dados referentes ao matadouro do Milo. Completa o preenchimento do cheque e entrega a Edgar Wilson.

— Pra quando vocês conseguem a nova leva?

— Amanhã — responde Edgar Wilson.

O gerente se impressiona, reclinando-se na cadeira com apoio para braços e encosto para cabeça. *Uma bela cadeira*, é o que pensa Edgar Wilson, agora que será dono do próprio negócio ao lado de Bronco, Tomás e Rosario.

— Então ótimo. Mais vinte cabeças.

— Quarenta, pode ser?

O homem dá de ombros e abre as mãos espalmadas. Faz que sim com a cabeça.

— Tudo bem, mas vou precisar pagar uma parcela na entrega e outra em quinze dias, tudo bem pra vocês?

Edgar Wilson estende o braço e aperta a mão do gerente.

— Fechado.

De volta à estrada, Bronco Gil dirige o caminhão frigorífico. Edgar Wilson confere mais uma vez o cheque. Sente-se satisfeito. Finalmente consegue sintonizar numa estação de rádio que toca músicas paraguaias. Deixa baixinho e acende outro cigarro.

— Acho que vou trocar meu olho... Vi uns modelos novos — comenta Bronco Gil.

— Precisamos consertar aquela placa da entrada do matadouro — diz Edgar Wilson. — Acha que o anão tá no fundo do lago?

— Acho que sim.

— Vão procurar por ele...

Bronco pigarreia e se ajeita melhor no assento da caminhonete. Ajusta o banco um pouco para trás e assim seu joelho direito encontra mais espaço para se acomodar. Edgar observa a movimentação de ônibus de excursão conforme se aproximam do matadouro. É noite de show no Circo das Revelações. A movimentação nas estradas da região indica a casa cheia e a agitação de uma longa noite, que deixa os búfalos furiosos. Mas hoje será diferente, porque Edgar Wilson os abaterá todos.

Assim que faz a curva, Bronco freia bruscamente o caminhão frigorífico e move apenas seu olho bom para encarar Edgar Wilson, que, apesar de levemente espantado, sente-se aliviado. Tiquinho faz sinal, pedindo carona. Edgar Wilson abre a porta do carona, chega um pouco para o lado e deixa Tiquinho subir e sentar-se entre ele e a porta.

— Ainda bem que vocês pararam. Eu tava morrendo de calor nesse sol — resmunga Tiquinho, com sua voz fanha e ruidosa.

Bronco Gil arranca. Edgar Wilson continua fumando enquanto observa o asfalto à sua frente.

— Por acaso, você não estava boiando no lago ontem à noite? — pergunta Edgar.

Tiquinho faz uma cara de desculpa e, de modo envergonhado, diz:

— Eu precisava praticar meu novo número. Achei que àquela hora não ia incomodar.

— Que número? — questiona Edgar Wilson.

— Agora tenho um novo número, um show só meu no circo. Eu mergulho num tanque de água e fico sem respirar por dois minutos. Meu recorde até agora — conclui com um jeito envaidecido, percebendo que finalmente seu grande momento chegou.

Bronco Gil e Edgar Wilson suspiram juntos. Bronco solta um muxoxo ao perceber que Espartacus infartou em vão.

Edgar Wilson percebe que o engano de Espartacus jogou luz sobre sua mentira. De certa forma, Tiquinho foi a peça decisiva para conhecerem a verdade por trás dos búfalos.

— Se quiser treinar no lago, tudo bem — diz Edgar Wilson.

Tiquinho olha admirado para Edgar Wilson e sorri.

— Você é um bom homem, Edgar. Eu nunca me engano com as pessoas.

— E a vidente? — quer saber Edgar Wilson. — Ela tá bem?

Tiquinho sente um incômodo ao falar de Azalea, mas se abre para os homens.

— Tá doente. Anda fraca, quase não consegue falar.

— As pessoas já estão seguindo pra lá — diz Bronco, despertando.

Tiquinho não responde e olha para fora da janela. Deixa o vento tocar seus cabelos e sente o cheiro da terra seca que invade o caminhão. Edgar Wilson acha que Tiquinho esconde alguns segredos, que podem ser intuídos pelo seu jeito de olhar. Aquela tristeza por trás do sorriso, aquela escuridão por trás do brilho dos olhos, que Edgar Wilson consegue perceber em silêncio.

— Azalea é um anjo — diz Tiquinho.

— Parece mais um demônio — diz Edgar Wilson.

Tiquinho olha sério para ele.

— Por que acha isso?

— Demônios são anjos corrompidos — começa Edgar.

— A Verena veio falar comigo. Disse que a Azalea foi sequestrada pelo Mendonça. Que já está morta. Huracán descobriu isso.

Tiquinho fica ofegante e com a voz embargada.

— Ela não tinha o direito de falar isso.

— Ela me pediu ajuda.

— A gente não precisa da sua ajuda, Edgar Wilson.

Bronco Gil para o caminhão.

— Anão, o que tá acontecendo lá? — pergunta Bronco Gil duramente.

Tiquinho se sente acuado.

— A Verena tá falando a verdade? — quer saber Edgar Wilson.

Tiquinho olha para o maço de cigarros de Edgar sobre o painel do caminhão. Edgar puxa um cigarro para ele e em seguida o acende. Tiquinho traga devagar. Tenta recompor seus pensamentos.

— Huracán só queria ajudar. Sem a Azalea, o circo acaba — Tiquinho traga mais uma vez antes de continuar. — Mas ela não tá aguentando. Tudo aquilo é muito sinistro, mas estamos presos no circo. Pra onde a gente iria?

Bronco Gil se dá por satisfeito. Liga o caminhão e toma a estrada à sua frente, a poucos metros do matadouro. Estaciona para Tiquinho descer e seguir para o circo.

— Eu nunca falei nada pra vocês, ok? — diz Tiquinho.

Os homens acenam positivamente com a cabeça. Tiquinho bate a porta e Bronco atravessa o portão do matadouro. A placa velha e pendurada apenas de um lado precisa ser trocada, mas não antes do massacre dos búfalos.

Edgar Wilson precisa fazer isso e apagar os vestígios do crime. Os seus e os dos outros. Pensa em Azalea, em Verena e em Tiquinho. Quer enterrar o galo. Edgar Wilson precisa enterrar todos os mortos, ainda que aparentemente estejam vivos e andando sobre a terra. Ainda não é tempo de paz, ainda não é tempo de descansar. Aquele show não deve continuar.

Os homens que ajudaram na segurança do matadouro nas horas anteriores também ajudam no abate dos búfalos. As quarenta cabeças restantes vão sendo derrubadas uma a uma. Para cada um, Edgar Wilson roga pela alma, cruza a testa com o dedo sujo de cal e dispara a pistola de atordoamento. Em meia hora derruba todos eles e pula para o outro lado da baia para começar a carneá-los. Dois homens por búfalo. Dois búfalos pendurados pelas patas traseiras por vez. Rosario se mantém a postos, armada e fumando, numa parte mais elevada do matadouro, vigiando a entrada.

Antes do fim do dia, o curral está vazio. Rura, o cão mudo, caminha pelo espaço sentindo o cheiro dos búfalos e da bosta em grande quantidade, em montes pelo chão. Foi preciso alugar um segundo caminhão frigorífico para, no dia seguinte, levar toda a carne.

Os tonéis não suportam todo o sangue derramado, sendo necessário despejar uma parte no lago, que corre para o rio das Moscas por um braço estreito que rasga todo o terreno. Os homens que ajudaram no serviço são pagos e dispensados, sem antes comerem todos juntos no refeitório do matadouro. O dia ainda está alto e o sol queima o topo das árvores. As cigarras despertam aos poucos e seus gritos se deslocam com o vento.

— Agora estamos bem — diz Rosario para os homens ao engolir um pedaço de frango. Os quatro comem juntos.

— Se alguém aparecer, não sabemos de nada. Na semana que vem vamos conseguir um carregamento novo. Estou falando com um criador — conclui.

Os homens, limpos e famintos, comem com avidez. Pelos próximos dias poderão descansar e resolver suas questões pessoais. Rosario se sente mais feliz agora, tocando o negócio, trabalhando diretamente com a contabilidade. Quer fazer o local prosperar e sabe que, com a ajuda dos três, podem se tornar os principais criadores de bubalinos da região. O vale dos ruminantes, aos poucos, começa a se encher de mugido e cheiro de sangue.

Tomás é o primeiro a terminar. Pede licença e se retira para cuidar da sua pequena capela. Com um espanador, limpa os crânios que revestem o local. Varre o chão e limpa os bancos com um pano seco. Lê um pouco da Bíblia. Abençoa uma bacia com água e conecta uma pequena bomba que mantém a água em movimento, simulando uma fonte. O som da leve queda-d'água traz conforto para seus pensamentos. Acende um punhado de ervas colhidas no matadouro e faz uma defumação na capela. Por fim, acende sete velas brancas para as almas. Todas as almas, as boas e as más. As perdidas e as que caminham em busca de quem ajudar.

De onde está, observa o pequeno cemitério clandestino. Zela, em silêncio, pelos mortos. Seus dias seguem para as horas mais escuras. Observa as cavidades ocas dos crânios, que lhe parecem sorrir. Sente-se protegido em meio às caveiras, gosta da sensação de ser guardado pelos mortos porque sabe que, no fim, estaremos todos mortos. Tomás imagina que, dessa forma, quando partir, será recebido do outro lado. Não por Deus ou anjos, mas por esses desterrados de quem cuida diariamente, cujo espectro sombrio é seu destino inevitável.

8.

Rosario pendura alguns chifres de búfalo na entrada do matadouro. O par de chifres do abate do primeiro búfalo foi usado para fazer um amuleto para proteger sua casa. Desde então, percebe que maus espíritos que rondam o lugar não conseguem atravessar para o lado de dentro. Algumas moscas cercam os chifres, que ainda cheiram a sangue fresco dos búfalos recém-abatidos. Percebe que a placa da entrada continua pendendo de um lado e que precisa ser trocada.

Avista ao longe quatro faróis que se aproximam devagar. A poucos metros dali, a fila na entrada do circo se multiplica. O espetáculo vai começar em duas horas. Seu coração se comprime e ela pita um pouco de seu cachimbo. Volta para o matadouro e olha para trás, na esperança de não ver mais os faróis dos veículos.

— Escondeu os caminhões frigoríficos, Edgar?

— Sim, senhora.

Rosario respira um pouco mais aliviada.

— Amanhã cedo vamos levar pra fábrica. Já tá tudo acertado — completa Edgar Wilson.

— Chama o Bronco e o Tomás. Acho que temos visita.

Rosario olha para trás ao terminar de falar. Edgar Wilson suspende os olhos para além dos ombros da mulher e percebe a aproximação dos faróis. Com um aceno de cabeça, afasta-se, e minutos depois está a postos ao lado de Tomás e Bronco Gil. Suas armas estão próximas, porém escondidas da visão dos visitantes.

Uma caminhonete branca e nova, seguida por uma viatura da polícia, atravessa os portões do matadouro.

Eles aguardam. A música que vem do pátio do circo ecoa longe. O cheiro do doce se espalha no ar. As cigarras cantam para a noite de estio que se aproxima em menos de uma hora. Assim, o dia vai se encerrando e a noite, carregada de ardor, aproxima-se velozmente.

Os veículos estacionam a poucos metros de onde eles estão. Três homens saem da caminhonete branca. O policial Américo O+ sai da viatura acompanhado do mesmo policial com quem esteve ali antes. Rosario dá um passo à frente, enquanto Tomás dá um passo atrás, aproximando-se da espingarda escondida a centímetros de sua mão.

— Boa noite, senhores. Em que posso ser útil? — diz Rosario cordialmente.

— Boa noite, senhora — fala um dos homens. — A senhora deve ser a dona Rosario.

— Perfeitamente.

— Me chamo Helvécio — o homem estende a mão para cumprimentá-la. — Eu gostaria de falar com a senhora.

Américo se aproxima e acena com a cabeça para Rosario, Edgar e Bronco. Os demais homens apenas observam.

— Recentemente tive uns problemas com minha criação de bubalinos — começa o homem. — Não sei se a senhora está informada, mas têm ocorrido muitos roubos de gado nessa região.

— Ouvi falar alguma coisa — diz Rosario.

Os homens que acompanham Helvécio caminham devagar pelo curral vazio. Edgar e Bronco os encaram. Tomás está com a mão tensa próxima da arma.

— Eu tive uma informação de que eles poderiam estar aqui — prossegue o homem.

Rosario dá uma risada nervosa, mas tenta ser compreensiva.

— Deve ser algum engano, meu senhor. Como pode ver, nem temos gado no momento — responde Rosario.

— Havia muitos aqui três dias atrás — interfere o policial Américo.

Rosario olha para ele, repreendendo-o.

— O que vocês querem aqui? — pergunta Edgar Wilson para Helvécio.

— Vim aqui saber se foram vocês que roubaram meu gado.

Edgar Wilson respira fundo o cheiro doce. Isso lhe faz bem.

— Podem procurar. Tem gado nenhum aqui — diz.

Helvécio faz sinal para que os dois homens que o acompanham saiam para dar uma olhada no local. O outro policial também caminha por ali, fazendo uma espécie de ronda.

— Já devem ter abatido — diz Américo.

Edgar Wilson olha sério para ele.

— O que houve, policial? — pergunta Edgar.

— Vocês tinham muitos búfalos aqui.

— Descobriu quem matou o palhaço?

Américo olha para Edgar Wilson com certo constrangimento. Bronco Gil se aproxima e diz:

— Talvez você precise resolver isso com o Espartacus. Tinha uns búfalos aqui. Foi ele quem trouxe. Mas já não estão mais aqui. Nem o Espartacus nem os búfalos.

Helvécio se sente confuso.

— É verdade, senhor Helvécio. O Espartacus foi embora e levou todo o gado com ele — completa Rosario.

— Pra onde ele foi?

— Aquele cretino? Ficou me devendo muito dinheiro. Trapaceiro — conclui Rosario.

Helvécio se sente abatido. Os dois homens, seguidos pelo policial, voltam. Fazem um sinal negativo com a cabeça, indicando que não encontraram nada. Tomás descansa a mão e aos poucos se aproxima dos outros quando um deles puxa uma arma e aponta para Bronco Gil e Edgar Wilson. Tomás puxa a espingarda e aponta para Helvécio, que também está armado. Américo puxa sua arma e aponta para Tomás. O policial que o acompanha está desarmado. Falta de munição. Tudo o que possui é seu uniforme e um par de ombros largos.

— Meus senhores, vamos nos acalmar — diz Rosario.

— Eu sinto o cheiro. Eles estavam aqui. Vocês abateram. Tem cheiro de bosta e sangue neste lugar — fala Helvécio.

— A gente pode se matar ou vocês vão embora, mas aqui não tem búfalo nenhum — grita Rosario.

Os homens se entreolham raivosos. Gostariam de matar uns aos outros. Permanecem encarando-se por alguns segundos, até que Tomás baixa a arma primeiro.

— Vamos parar com isso. Não sabemos de nada.

Helvécio olha para Tomás.

— Você é o padre?

Tomás faz que sim com a cabeça.

— Sigam o caminho de vocês em paz — diz Tomás.

Helvécio ri para si, baixando a arma.

— O que a porra de um padre faz abatendo gado? — diz debochado.

Tomás dá um soco na cara de Helvécio, que cospe sangue. Antes que um de seus homens possa atirar, ele suspende a mão e sinaliza para que não o faça. Tomás permanece encarando-o.

— Me desculpa — murmura Helvécio.

— Vão embora daqui — ordena Tomás.

Helvécio põe sua arma na cintura e baixa a camisa. Dá um passo para a frente e olha para Tomás bem de perto.

— Deus está vendo, não é mesmo, padre?

Helvécio cospe no chão ao lado de Tomás e acena um breve cumprimento com a cabeça. Ele e seus homens recuam e sobem na caminhonete branca. Américo e o policial que o acompanha entram na viatura e dão a partida no motor. Antes que possam arrancar com o veículo, Edgar Wilson se debruça na janela da viatura e fala baixo para o policial Américo:

— Se voltar, te enterro aqui mesmo, policial — Edgar Wilson se afasta do veículo, que em seguida cruza as porteiras do matadouro.

— Acho que agora ninguém mais vai perturbar a gente — diz Rosario, acendendo seu cachimbo e servindo para si uma dose de cinzano rosso. Vai se sentar em sua cadeira e descansar o peso dos quadris.

A noite cai e, com ela, o manto das horas terríveis. O perfume doce persiste no ar e os sons do circo ecoam dentro do matadouro. Recortam os currais vazios, invadem o alojamento dos homens de sangue e morrem antes de cruzar a montanha que circunda a região. Edgar Wilson caminha pelo lago na companhia de Rura e espera que as luzes do outro lado do terreno se apaguem; que o burburinho e a música silenciem. Por fim, dorme à beira do lago enquanto um vaga-lume voeja ao seu redor. O lago está silencioso e os peixes dormem.

Quando desperta, avista a luz projetada pelas velas acesas dentro da capela. Tomás finaliza suas preces. Bronco Gil limpa a espingarda sobre um dos bancos, vigiado pelos olhares atentos dos mortos sem olhos, dos rostos sem face que guardam a eternidade. Todo o tempo passado já não está mais aqui. Pertence à morte. Todo o tempo que há de vir também pertence à morte, porque ele também passará. No mais, estamos todos mortos, ainda que respiremos e tenhamos a falsa impressão de que seguimos para o futuro. É no futuro que nos findamos. É para nosso próprio fim que corremos todos os dias.

As luzes ao redor da grande lona se apagam. Não há mais música ou burburinho. Edgar Wilson afaga a cabeça de Rura, desse cão que o fareja por todo lado. É assim, nesses raros momentos entre animais, que se torna mais fraterno. Edgar Wilson caminha até a capela do santo Tomás, que se mantém atento, sentado num banquinho na entrada, segurando um rifle municiado. Bronco Gil está do lado de dentro e joga a espingarda travada para Edgar Wilson, que a segura com força. É hora de ir. Mais uma vez.

Os três atravessam em silêncio o matadouro e pulam a cerca que eles mesmo construíram, e assim avançam sobre a área do circo. Batem à porta do trailer de Mendonça.

— O que vocês querem? — pergunta Mendonça.

— Onde está Azalea? — quer saber Tomás.

— Está dormindo — responde Mendonça. — Vão embora.

— Não queremos nenhum problema, seu Mendonça. Mas antes de ir queremos falar com a menina — diz Edgar Wilson.

Mendonça olha duramente para Edgar e em seguida para Bronco Gil, cobrando-lhe alguma atitude.

— Quando você precisou de mim, eu te ajudei, Bronco — diz Mendonça.

— Foi a menina. Onde ela está? — insiste Bronco Gil.

Tiquinho se aproxima e faz sinal, indicando onde está Azalea. Mendonça quer impedir que eles cheguem até ela.

— Só queremos falar com ela. Só isso — diz Tomás, colocando a mão sobre o peito de Mendonça, tentando impedi--lo de sair do trailer.

Mendonça respira fundo. Está cercado. Baixa a cabeça e deixa que sigam até o trailer onde está Azalea, guiados por

Tiquinho, que ainda está com o rosto pintado de palhaço. O trailer dela é pequeno e pintado de rosa por dentro e por fora. Tomás e Edgar entram enquanto Bronco Gil faz a guarda do lado de fora. A menina está deitada numa cama. Tomás retira seu terço do bolso e o segura entre os dedos.

Azalea olha para eles. Tudo o que consegue mover são os olhos e os lábios, de leve. Tomás verifica sua pulsação. Olha para Edgar Wilson, que também verifica. Não há nada ali. Sem pulsação e ainda assim alguma espécie de vida persiste. Verena se aproxima por trás. Sente um pesar profundo por Azalea.

— O que é isso, padre? — pergunta Verena.
— Já vi isso acontecer — responde Tomás.
— É um demônio?

Tomás não responde e beija seu terço. Reza por Azalea enquanto olha em seus olhos fracos.

— É um anjo. Ela é um anjo que se consumiu — responde Tomás ao fazer o sinal da cruz sobre o próprio peito.

Edgar Wilson se agacha ao lado de Azalea e a observa bem de perto. Sente o perfume adocicado de rosas emanar dos poros da menina. Não sabe o que é um anjo, mas tudo ali é sofrimento e amor. Um único espírito que enche a imensidão. Que está em toda parte sem estar contido em parte alguma. O átomo indivisível. A frequência mais elevada que não podemos perceber, já que só vemos aquilo para o qual estamos preparados.

— O que é um anjo? — questiona Edgar Wilson.
— *Do meio dessa nuvem saía a semelhança de quatro seres viventes, cuja aparência era esta: tinham a semelhança de homem.*

Cada um tinha quatro rostos, como também quatro asas... A forma de seus rostos era como os de homem; à direita, os quatro tinham rostos de leão; à esquerda, rostos de boi; e também rostos de águia, todos os quatro. — Tomás respira fundo ao concluir a citação da passagem de abertura do livro de Ezequiel.

— Está em toda parte? — murmura Edgar Wilson.

Tomás apenas olha para o amigo, carregado de tristeza e abatido.

— Sim. Nela, nos búfalos, em você e em mim — diz Tomás. — Nós destruímos ela... Nada sobrevive a este lugar. Tudo está morto, ainda que pareça vivo — conclui.

— O que vai acontecer com ela, Tomás?

— Talvez volte pro seu lugar de origem. Talvez decida voltar pra cá. Mas vamos matá-la de novo e de novo...

A menina fecha os olhos quando gritos, seguidos de dois disparos, são ouvidos do lado de fora. Saem apressados. Bronco Gil foi baleado e está caído no chão. Mendonça levou o rifle que estava com Bronco e se escondeu.

Edgar Wilson pede para que todos fiquem dentro dos trailers e começam a procurar por Mendonça. Um rastro de sangue leva até ele, que conseguiu chegar até o picadeiro. Sente-se fraco com o sangramento. Tomás e Edgar se aproximam dele, que aponta o rifle para se defender.

— Isso aqui é toda a minha vida — diz Mendonça. — Sem a menina, estamos falidos de novo.

Mendonça começa a chorar. Está cansado e a perda de sangue o deixa incapaz de reagir por muito tempo.

— Vão me matar?

— Não — responde Edgar Wilson. — A menina tá morta. Só quero enterrar ela e o galo.

Mendonça suspira. Retira do bolso uma garrafinha com pinga. Ele bebe e apoia a cabeça numa pilastra de madeira que sustenta a grande lona.

— Tragam ela aqui — diz Mendonça.

Verena e outros dois palhaços vão até o trailer onde está Azalea. Voltam e afirmam que ela não está lá.

— Mas ela mal podia se mexer — surpreende-se Tomás.

— Tragam ela aqui — grita Mendonça.

— Ela sumiu — diz Verena assustada.

— Sumiu? — murmura Mendonça. — Ela não pode sumir. Não pode deixar o circo.

— Edgar, o Bronco tá muito mal — avisa Tiquinho esbaforido.

Edgar Wilson corre para socorrer Bronco Gil que, desmaiado, perde muito sangue. Tomás fica com o circo para resolver a situação.

Colocam Bronco na caminhonete e Edgar dirige até um pronto-socorro a trinta quilômetros de distância. Tiquinho vai junto. Vez ou outra dá alguns tapas na cara de Bronco para despertá-lo, pois seus batimentos cardíacos estão muito fracos.

Edgar Wilson estaciona na entrada do pronto-socorro e carrega a imensidão que é Bronco Gil nos próprios ombros. Uma maca é trazida às pressas e Bronco Gil já está sem vida quando é socorrido pelos médicos de plantão. Edgar Wilson, sentado no corredor do pronto-socorro ao lado de Tiquinho, ambos sujos de sangue e com a alma manchada de angústia e desgosto, recebem a notícia de que Bronco Gil não resistiu.

Edgar Wilson sempre esteve um passo atrás da morte. E assim parece se manter. Sente um ardor nos olhos. A vida de Bronco estava em suas mãos. Pede ao enfermeiro para ver Bronco Gil. É deixado sozinho na pequena enfermaria. Descobre o lençol de cima de Bronco e olha em seu olho de vidro, que permanece aberto e estático.

Edgar Wilson respira fundo. Não costuma chorar, não costuma perder a cabeça. Segura tudo o que sente no fundo da garganta. Começa a desferir socos no peito de Bronco Gil. Possuído de vida, cheio de fúria, assim é Edgar Wilson, mesmo diante da morte.

Quando o atinge mais uma vez, Bronco Gil puxa o ar e abre o outro olho, seu único olho bom. Edgar Wilson puxa um enfermeiro pelo corredor, que entuba Bronco Gil, e assim ele vive, ele viveu.

Em sua morte, Edgar Wilson estava lá. Com toda sua dor e sua fúria. O ato de matar o aproxima do sangue, que é vida. Quem sabe fazer morrer também é capaz de fazer viver.

Quando o dia amanhece, Bronco Gil está fora de perigo. Tiquinho e Edgar cochilam nos bancos do corredor e acordam com o latido de um cachorro vira-lata que invade o pronto-socorro. Tiquinho olha para Edgar Wilson e juntos buscam informação.

— Salvou minha vida — diz Bronco Gil, deitado no leito surrado com os lençóis rasgados.

— Eu podia te esmurrar até de manhã, índio filho da puta — responde Edgar Wilson, com a voz embargada.

A enfermeira pede para que voltem mais tarde e ministra uma medicação em Bronco Gil. Edgar e Tiquinho sobem na caminhonete e dirigem de volta. No caminho, param num posto de gasolina, o mesmo em que tantas vezes Edgar parou. Limpam-se no banheiro. Tiquinho lava o rosto e remove parte da maquiagem. Tomam um café. A mesma atendente pergunta se Edgar quer o de sempre. Ele diz que sim. Está cansado de toda a noite que teve. Sobem na caminhonete e novamente tomam a estrada em direção ao matadouro.

Estacionam e vão direto para a área do circo. Estão embalando tudo. A lona desmontada está sendo dobrada. As caixas guardadas nos trailers. Os cavalos tratados estão prontos para subir no caminhão. Ninguém dormiu desde a última apresentação. Estão exaustos e um cheiro de café fresco permeia o ar.

Tomás está sentado numa pedra debaixo de uma árvore. Fuma seu charuto e toma café.

— O Bronco se salvou — diz Edgar.

— O Edgar trouxe ele de volta — diz Tiquinho, retirando-se em seguida.

— Ele foi, mas voltou — fala Edgar, fingindo não dar muita importância. — Acharam a menina?

Tomás faz que não com a cabeça.

— Ela desapareceu — diz.

— E o Mendonça?

— Morto. Pôs a arma embaixo do queixo e disparou. Todo mundo viu. Disse que não queria ser preso.

— De certa forma, ele está preso — murmura Edgar Wilson, olhando para o desmonte do circo.

Tomás estende a mão e apanha a gaiola com o galo Boris, que está coberta por um pano. Entrega a Edgar Wilson.

— Agora você pode enterrar o Boris — diz Tomás.

Edgar Wilson observa o galo bem de perto. O animal está quieto, mas ainda vive de alguma maneira. Antes de ir enterrá-lo, pergunta:

— Você está bem, padre?

— Não. É claro que não.

Edgar Wilson meneia a cabeça e sai em direção à cerca. Avança sobre ela e, no cemitério clandestino, abre uma pequena cova onde enterra Boris, o galo degolado. Observa-o por mais um instante. Aquilo foi um milagre. A vida se movendo na morte. A morte imitando a vida. Cobre o galo com terra e bate com as mãos para alisar a superfície. Finca uma pequena cruz feita com dois gravetos e barbante.

Edgar Wilson suspira, apanha um martelo, pregos, pincel e um resto de tinta branca. Remove a placa da entrada do matadouro. Escreve por cima do "Matadouro do Milo", realçando o nome em branco. Prega firme a placa e a deixa alinhada no topo dos portões. Por cima dela, põe um cordão com alguns chifres de búfalo feito por Rosario para trazer proteção ao local.

O sol já brilha na linha do horizonte entre a estrada e as montanhas. Edgar Wilson termina seu cigarro enquanto confere os pneus do caminhão frigorífico. Estão bons para a viagem. Estica-se um pouco, ouve os estalos ao alongar a coluna vertebral e joga a bituca do cigarro para longe.

Sobe no caminhão e dá a partida. Rura se aproxima e abana o rabo, querendo sua companhia. Edgar Wilson o ajuda a subir no caminhão. Arranca com o veículo e pega a estrada no sentido da fábrica de alimentos onde fará a entrega das carnes de búfalo. Precisará fazer duas viagens.

Hoje está sozinho. Mas isso não é uma coisa nova. Está sozinho todos os dias.

Uma viatura da polícia passa por ele no sentido do matadouro. Agora, não há nada que se possa fazer. Os mortos já foram banidos, os culpados desterrados. É hora de seguir adiante. Edgar Wilson freia o caminhão frigorífico e para no meio da estrada. Desce e apanha do chão uma máscara de palhaço. Observa-a por alguns instantes e a leva consigo de volta ao veículo. Acende um cigarro e observa a estrada pelo espelho retrovisor. A formação de nuvens carregadas atrás de si indica a tempestade que se aproxima. Há muito sangue sobre a terra. A chuva forte lavará os vestígios de morte e encharcará o solo de toda violência e profanação. Inteiramente em toda parte sem estar contido em parte alguma. Dentro da terra é para onde vai a herança dos homens de sangue e o suplício daquele que foi deixado para trás.

ESTA OBRA FOI COMPOSTA PELO ACQUA ESTÚDIO EM MERIDIEN
E IMPRESSA EM OFSETE PELA GRÁFICA PAYM SOBRE PAPEL PÓLEN BOLD
DA SUZANO S.A. PARA A EDITORA SCHWARCZ EM JULHO DE 2024

A marca FSC® é a garantia de que a madeira utilizada na fabricação do papel deste livro provém de florestas que foram gerenciadas de maneira ambientalmente correta, socialmente justa e economicamente viável, além de outras fontes de origem controlada.